Goscinny　Sempé

Les vacances du Petit Nicolas

プチ・ニコラの夏《なつ》休《やす》み

プチ・ニコラシリーズ③

サンペ／絵　ゴシニ／文　小野萬吉／訳

世界文化社

Titre original : Les vacances du Petit Nicolas

Première édition en France : 1962
This book is published in Japan by arrangement with IMAV éditions,
through le Bureau des Copyrights Français, Tokyo.

Le Petit Nicolas®
www.facebook.com/Lepetitnicolas/

Sommaire
もくじ

Sommaire
もくじ

Nicolas
ニコラ

Maman
ママ

《雨《あめ》が降《ふ》って、人《ひと》がいっぱいいるときは、ぼくは家《いえ》にいるのが好《す》きだ。だってママが、おいしいおやつをいっぱい作《つく》ってくれるからね》

Papa
パパ

《ぼくが学校《がっこう》から帰《かえ》るより遅《おそ》く会社《かいしゃ》から帰《かえ》ってくるけど、パパには、宿題《しゅくだい》がないんだ》

Clotaire
クロテール

《成績《せいせき》がクラスのビリ。先生《せんせい》に質問《しつもん》されると、いつも休《やす》み時間《じかん》がなくなっちゃうんだ》

Alceste
アルセスト

《ぼくの親友《しんゆう》で、いつもなにか食《た》べてるふとっちょなんだよ》

Geoffroy
ジョフロワ

《大金《おおがね》持《も》ちのパパがいて、ほしいものはなんでも買《か》ってもらえる》

Agnan
アニャン

《成績《せいせき》がクラスで一番《いちばん》で、先《せん》生《せい》のお気《き》に入《い》り。どうにも虫《むし》が好《す》かないやつなんだ》

Eudes
ウード

《とても力《ちから》持《も》ちで、クラスメートの鼻《はな》の頭《あたま》にパンチをくらわせるのが大《だい》好《す》きなんだ》

Rufus
リュフュス

《ホイッスルをもってるよ。パパはおまわりさんだ》

Marie-Edwige
マリ・エドウィッジ

《とてもかわいいから、大《おお》きくなったら、結婚《けっこん》するつもりなんだ》

Joachim
ジョアキム

《ビー玉《だま》遊《あそ》びが大《だい》好《す》き。とっても上《じょう》手《ず》で、ねらったら、パチン！　まず、はずさないね》

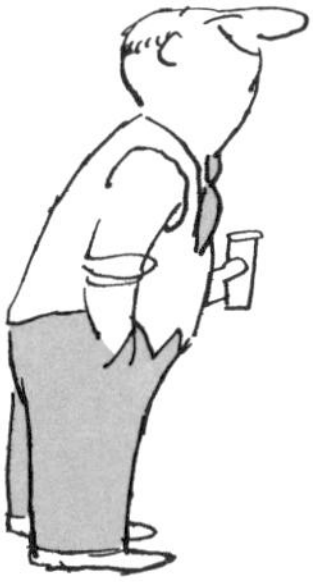

M. Blédurt
ブレデュールさん

《ぼくらのおとなりさんで、パパをからかうのが大好《だいす》きなんだ》

Mémé
メメ

《たくさんプレゼントをくれて、ぼくがなにか言《い》うたびに、大笑《おおわら》いするやさしいおばあちゃんだよ》

Le Bouillon
ブイヨン

《生徒指導《せいとしどう》の先生《せんせい》で、いつも「わたしの目《め》をよく見《み》なさい」と言《い》うから、このあだ名《な》がついた。ブイヨン・スープには油《あぶら》の目玉《めだま》が浮《う》かんでいる。それを考《かんが》えついたのは、上《じょう》級生《きゅうせい》たちなんだ》

La maîtresse
先生《せんせい》

《ぼくらがひどい悪《わる》ふざけをしなければ、先生《せんせい》はとてもやさしくて、とてもきれいなんだよ》

勉強《べんきょう》にあけくれた一年《ねん》がおわった。

ニコラは雄弁賞《ゆうべんしょう》をもらったが、

ニコラの場合《ばあい》は質《しつ》より量《りょう》がみとめられたからだった。

そしてニコラは学校《がっこう》の友《とも》だち、

アルセスト、リュフュス、ウード、ジョフロワ、メクサン、

ジョアキム、クロテール、そしてアニャンとわかれた。

教科書《きょうかしょ》とノートはかたづけられ、

いま考《かんが》えなければならない問題《もんだい》は、バカンスのことだけだ。

でもニコラの家《いえ》では、バカンスの行《い》き先《さき》えらびで

もめることはない、なぜって……。

C'est papa qui décide

それを決《き》めるのはパパ

毎年《まいとし》、と言《い》っても去年《きょねん》とその前《まえ》の年《とし》のことだけど（だって、それより前《まえ》は、あまりむかしのことでおぼえていないんだ）、パパとママは、夏休《なつやす》みにどこへ行《い》くかで、うんともめる。そしてママは泣《な》き出《だ》して、ママのママのところへ行《い》くって言《い》うんだ。ぼくもメメ（おばあちゃん）のことは大《だい》すきだけど、そこには海《うみ》がないので、いっしょに泣《な》き出《だ》してしまう。けっきょくは、ママの行《い》きたいところへ行《い》くことになるけど、それはメメのところじゃない。

きのう、晩《ばん》ごはんのあとで、パパは、こわい顔《かお》でぼくとママをにらみながら言《い》った。

「よく聞《き》きなさい！　今年《ことし》はあれこれ議論《ぎろん》はごめんだよ。決《き》めるのは、このわたしだからね！　今年《ことし》のバカンスは南《みなみ》フランスにしよう。プラージュ・レ・パン（松林海岸《まつばやしかいがん》）に貸別荘《かしべっそう》があるんだよ。水道《すいどう》、電気《でんき》つきの、三部屋《へや》のが。ホテルへ行《い》ってまずい食事《しょくじ》をするのは、まっぴらだからね」

「まあ、あなた」と、ママが言《い》った。

「とてもすてきなお話《はなし》ね」

「やった!」とぼくは言《い》って、テーブルのまわりを走《はし》りはじめた。だって、うれしいときには、じっとすわってなんかいられないもの。

パパは、おどろいたときいつもそうするように、目《め》をお皿《さら》のようにまるくして、「えっ? じゃ、いいんだね」と言《い》った。

ママがテーブルをかたづけているあいだに、パパは戸棚《とだな》からスピアフィッシング(素《す》もぐりで魚《さかな》を突《つ》くスポーツ)用《よう》ゴーグルをとってきた。

「いいかい、ニコラ」と、パパがぼくに言《い》った。「これをつけて、ふたりで魚《さかな》とりのもの

すごい競争《きょうそう》をやろう」

ぼくはちょっとこわくなった。だってぼくは、うまく水《みず》に入《い》れてもらえれば浮《う》かぶことができるけど、まだあまり泳《およ》げないんだ。

するとパパは、心配《しんぱい》しなくてもいいよ、パパが泳《およ》ぎ方《かた》を教《おし》えてあげる。若《わか》いころのパパは自由形《じゆうがた》の全国選手権大会《ぜんこくせんしゅけんたいかい》のチャンピオンだったし、もしパパがもうすこし練習《れんしゅう》していたら、きっと新記録《しんきろく》を出《だ》していただろう、と言《い》った。

「パパがぼくに、スピアフィッシングを教《おし》えてくれるんだよ」と、ぼくはキッチンからもどったママに言《い》った。

「すごいじゃない、坊《ぼう》や」と、ママがぼくに言《い》った。「でも、地中海《ちちゅうかい》にはもう魚《さかな》がほとんどいなくなったそうだけどね。釣《つ》りをする人《ひと》が多《おお》すぎるんですって」

「そんなことはない！」とパパが言《い》うと、ママはパパに、子《こ》どもの前《まえ》でわたしの言《い》うことに反対《はんたい》しないでくださいな、わたしがそう言《い》ったのは新聞《しんぶん》で読《よ》んだからだわ、と言《い》って、ずっと前《まえ》からとりかかっている編《あ》みものをはじめた。

「でも、魚《さかな》がいないと」と、ぼくはパパに言《い》った。「ぼくたちは海《うみ》の中《なか》でふたりともまぬけな道化《どうけ》みたいになっちゃうね！」

パパは、なにも言《い》わずにスピアフィッシング用《よう》ゴーグルを戸棚《とだな》にもどしに行《い》った。

ほんとのことを言《い》うと、魚釣《さかなつ》りと聞《き》いて、ぼくはあまりうれしくなかった。パパと釣《つ》りに行《い》っても、いつだって魚《さかな》がつれたためしがないからなんだ。

パパは、もどってくると新聞《しんぶん》を手《て》にとった。

「それじゃあ」と、ぼくがきいた。「スピアフィッシングをやるとしたら、魚《さかな》はどこにいるの？」

「ママにききなさい」と、パパがぼくに言《い》った。「ママは専門家《せんもんか》だから」

「お魚《さかな》なら大西洋《たいせいよう》にいるわ、坊《ぼう》や」と、ママがぼくに言《い》った。

ぼくは、その大西洋《たいせいよう》が、ぼくたちの行《い》くところから遠《とお》いかどうかきいた。するとパパはぼくに、もし学校《がっこう》でもうすこししっかり勉強《べんきょう》していたら、そんな質問《しつもん》はしないだろう、と言《い》った。でも、それはパパがおかしいんだ。だって学校《がっこう》では、スピアフィッシングの授業《じゅぎょう》なんてないんだから。そう思《おも》ったけど、パパはなにもしゃべりたくないようすだったので、ぼくもなにも言《い》わなかった。

「もって行《い》く荷物《にもつ》のリストを作《つく》らないといけないわね」と、ママが言《い》った。

「とんでもない！　やめとくれ！」と、パパがさけんだ。「今年《ことし》は、引《ひ》っ越《こ》しトラックみたいな荷物《にもつ》をつんで出《で》かけるのは、やめよう。水着《みずぎ》と、ショートパンツと、ふだん着《ぎ》と、ニットを何枚《なんまい》かだけ……」

「それに、片手《かたて》なべとコーヒーメーカーと赤《あか》い毛布《もうふ》と、食器類《しょっきるい》をすこしね」

パパは頭《あたま》にきて、いきなり立《た》ち上《あ》がり、口《くち》を大《おお》きくあけたけど、しゃべることはできなかった。なぜって、ママがパパのかわりに話《はなし》をつづけたからだ。

「いいですか、あなた」と、ママが言《い》った。「去年別荘《きょねんべっそう》を借《か》りたブレデュールさんのお話《はなし》、おぼえているでしょう。貸別荘《かしべっそう》には、食器《しょっき》といったら欠《か》けたお皿《さら》が三枚《まい》だけ、キッチンには片手《かたて》なべが二《ふた》つきりで、おまけに一《ひと》つは底《そこ》に穴《あな》があいてて、ブレデュールさんたちは必要《ひつよう》なものを、むこうでとびきり高《たか》く買《か》うはめになったのよ」

「ブレデュールならやりかねないさ」とパパは言《い》って、いすに腰《こし》かけた。

「それもそうね」と、ママがつづけた。「でも、たとえお魚《さかな》が手《て》に入《はい》って、あなたがお魚《さかな》のスープを食《た》べたいと言《い》っても、穴《あな》のあいたおなべではスープは作《つく》れないわ」

そこでぼくは泣《な》きはじめた。そう遠《とお》くないところに魚《さかな》がいっぱいいる大西洋《たいせいよう》があるというのに、魚《さかな》のいない海《うみ》へ行《い》くなんて、おもしろくもなんともないじゃないか。

編《あ》みものをおいたママがぼくを両手《りょうて》にだき、お魚《さかな》なんかでメソメソしちゃいけないわ、毎朝《まいあさ》すてきな部屋《へや》の窓《まど》から海《うみ》を見《み》れば、とてもいい気分《きぶん》になるはずよ、と言《い》った。

「それなんだがね」と、パパが説明《せつめい》をはじめた。「別荘《べっそう》から海《うみ》は見《み》えないんだ。でも、そう遠《とお》いわけじゃない。二キロ先《さき》なんだ。プラージュ・レ・パンでは、そこしかのこっていなかったんだ」

「あら、そういうことだったの、あなた」と、ママが言《い》った。それからママはぼくにキスをし、ぼくはじゅうたんの上《うえ》で、学校《がっこう》でウードに勝《か》って手《て》に入《い》れた二《ふた》つのビー玉《だま》で遊《あそ》びはじめた。

※ほんとうにほんとうの砂浜《すなはま》

「それで、海岸《かいがん》には小石《こいし》があるんですか?」と、ママがきいた。
「ない! 一《ひと》つもないね!」と、すっかりごきげんになったパパが答《こた》えた。「そこは砂浜《すなはま》なんだ! とってもこまかい砂《すな》だ! 砂浜《すなはま》には、小石《こいし》一《ひと》つ落《お》ちてないんだ!」
「あら、いいわね」と、ママが言《い》った。「でも、それではニコラが水切《みずき》りをして遊《あそ》べないわ。あなたに教《おそ》わってからというもの、ニコラは水切《みずき》りにむちゅうだっていうのに」
それでぼくは、また泣《な》きはじめ

た。だって、水切《みずき》りがおもしろいというのはほんとうなんだ。ぼくは、四《よっ》つまで水《みず》を切《き》ることができるんだよ。よく考《かんが》えたら、穴《あな》のあいた片手《かたて》なべしかなくて、海《うみ》からは遠《とお》いし、おまけにその海《うみ》には魚《さかな》もいないし小石《こいし》もない。そんなところの古《ふる》びた別荘《べっそう》に行《い》くなんて、ぜんぜんつまらないよ。

「ぼくは、メメのうちに行《い》く！」と、さけびながら、ぼくはウードからせしめたビー玉《だま》を足《あし》でけとばした。

ママはもう一度《ど》ぼくをだき、泣《な》いてはいけないわ、家族《かぞく》の中《なか》でバカンスがいちばん必要《ひつよう》な人《ひと》はパパなのだから、たとえパパの行《い》きたいところがどんなにひどいところでも、よろこんだふりをしてついて行《い》かないといけないのよ、と言《い》った。

「だけど、ママ、それは……」と、パパがもごもご言《い》った。

「ぼくは水切《みずき》りがやりたいんだ！」と、ぼくは大声《おおごえ》で言《い》った。

「来年《らいねん》はきっとできますよ」と、ママはぼくに言《い》った。「もしパパが、わたしたちをバン・レ・メール（海浜温泉《かいひんおんせん》）につれて行《い》ってくだされればね」

「それは、どこなんだ？」と、ぽかんと口《くち》をあけたままパパがきいた。

「バン・レ・メール」と、ママが答《こた》えた。「ブルターニュ（フランス西部《せいぶ》、大西洋《たいせいよう》につき出《で》たブルターニュ半島《はんとう》を中心《ちゅうしん》とした地方《ちほう》）にあるの。大西洋《たいせいよう》だから、お魚《さかな》がたくさんいるわ。それに、砂《すな》と小石《こいし》の浜《はま》べに面《めん》した、こぢんまりした、すてきなホテルも」

「バン・レ・メールに行《い》きたいよう！」と、ぼくはさけんだ。「バン・レ・メールでなきゃいやだ！」

「でもねえ、ニコラ」と、ママが言《い》った。「ききわけをよくしてね。それをお決《き》めになるのはパパなの」

パパは右手《みぎて》で顔《かお》をおさえ、大《おお》きなためいきをつきながら言《い》った。

「よし、いいだろう！　わかったよ。それで、そのホテルの名《な》まえは？」

「ボー・リヴァージュ（美《うつく》しい浜《はま》べ）よ、あなた」と、ママが答《こた》えた。

パパは、そこにしよう、まだ部屋《へや》があいているかどうか手紙《てがみ》で問《と》い合《あ》わせてみよう、と言《い》った。

「それならだいじょうぶよ、あなた」と、ママが言《い》った。「もう予約《よやく》したわ。わたしたちの部屋《へや》は、海《うみ》が見《み》える浴室《よくしつ》つきの二十九号室《ごうしつ》よ」

それからママはパパに、うごかないで、と言《い》った。ママの編《あ》んでいるセーターのたけがパパにぴったりかどうか見《み》るためだった。ブルターニュの夜《よる》は、すこし冷《ひ》えこむらしいんだ。

ニコラのパパが決心《けっしん》したので、
あとは家《いえ》の整頓《せいとん》がのこっているだけだった。
家具《かぐ》にカバーをかけ、じゅうたんをまき、
カーテンをはずし、荷物《にもつ》を作《つく》る。
汽車《きしゃ》の中《なか》で食《た》べる、ゆでたまごとバナナを
わすれないようにすること。
ママが、クリ色《いろ》の大型《おおがた》トランクを、
ゆでたまごにつける塩《しお》を入《い》れたまま
貨物車《かもつしゃ》にあずけてしまったので、パパがもんくを言《い》ったけど、
そのことをのぞけば、汽車《きしゃ》の旅《たび》はとても順調《じゅんちょう》だった。
そして、バン・レ・メールの
ボー・リヴァージュ・ホテルに到着《とうちゃく》。
砂浜《すなはま》は目《め》の前《まえ》にある。
さあ、いよいよバカンスのはじまりだ……。

La plage, c'est chouette

砂浜《すなはま》って最高《さいこう》だ

砂浜《すなはま》って、とても楽《たの》しいんだよ。ぼくにもたくさん友《とも》だちができた。ブレーズとフリュクチュー、そしてマメール。このマメールってやつは、まぬけなんだ！

それから、イレネとファブリスとコームにイーヴ。でも、イーヴはバカンスできてるんじゃない。イーヴはここの子《こ》なんだ。

ぼくらはいっしょに遊《あそ》ぶけど、けんかもする。そうなるともう口《くち》もきかないけど、それでもすごく楽《たの》しいんだ。

「お友《とも》だちと、なかよく遊《あそ》んでおいで」と、けさパパが、ぼくに言《い》った。「わたしは日光浴《にっこうよく》をして、ゆっくり休《やす》むとしよう」

それから、からだじゅうにオイルをぬりはじめたパパは、ごきげんな声《こえ》で、

「いやはや！　会社《かいしゃ》にのこっている同僚《どうりょう》たちは、いまごろなにをしているやら」と言《い》った。

ぼくらは、イレネのボールで遊《あそ》びはじめた。

「もっと向《む》こうで遊《あそ》びなさい」と、オイルをぬりおえたパパが言《い》った。

　そのとき、バン！と、ボールがパパの頭《あたま》にあたった。こいつが、パパのきげんをそこねてしまった。パパはかんかんになって、思《おも》いきりけっとばしたので、ボールは沖《おき》の遠《とお》いところまですっとんで行《い》った。ものすごいシュートだった。

「どうだい、すごいだろ」と、パパが言《い》った。イレネもすっとんで行《い》って、イレネのパパをつれてもどってきた。イレネのパパはすごく背《せ》が高《たか》くて、ふとっていて、なんだかふきげんそうな顔《かお》をしていた。

「あの人《ひと》だ！」と、イレネはぼくのパパを指《ゆび》さして言《い》った。

「子《こ》どものボールを海《うみ》にけりこんだのは、あんたかね？」と、イレネのパパが、ぼくのパパに言《い》った。

「そうとも」と、ぼくのパパは、イレネのパパに答《こた》えた。「あのボールがわたしの頭《あたま》にあたったものでね」

「海《うみ》にきたときぐらい、子《こ》どもたちに羽《はね》をのばさせてやってもいいじゃないか」と、イレネのパパが言《い》った。「もしそれが気《き》に入《い》らないのなら、ホテルにのこっていたらいい。ところで、あのボールだが、とりに行《い》ってもらわなくちゃならんな」

「むりをしないでね」と、ママがパパに言《い》ったけど、パパはむりをするのがすきなんだ。

「いいとも」と、パパが言《い》った。「わたしがとってこよう、その、うわさのボールとやらを」

「けっこう」と、イレネのパパが言《い》った。「わたしがあんたの立場《たちば》なら、やはりとりに行《い》くでしょうな」

パパは、風《かぜ》のせいでもっと沖《おき》へ流《なが》されていたボールをとってくるのに、ずいぶん手間《てま》どった。ボールをイレネに返《かえ》したときには、パパはすっかりくたびれたようすだった。そして、ぼくたちに言《い》った。

「いいかい、みんな、わたしはしずかにくつろぎたいんだ。だから、ボール遊《あそ》びはやめて、なにかほかのことをやったらどうだい？」

「じゃ、たとえばなにをやるの？　ねえ、おしえて」と、マメールがきいた。マメールって、なんてまぬけなんだろう！

「よくわからないけど……」と、パパが返事《へんじ》をした。「たとえば穴《あな》を掘《ほ》るっていうのはどうだい？　砂浜《すなはま》に穴《あな》を掘《ほ》るのはおもしろいよ」

ぼくらも、それは名案《めいあん》だと思《おも》った。ぼくらがスコップをもってくると、パパはまたオイルをぬろうとしていたけど、びんの中《なか》にはもうオイルがなかったので、ぬれなかった。

「遊歩道《ゆうほどう》のはずれのお店《みせ》まで行《い》って、買《か》ってくるよ」とパパが言《い》うと、ママはパパに、どうしてもうすこし落《お》ちついていられないの、ときいた。

ぼくらは穴《あな》を掘《ほ》りはじめた。とっても大《おお》きくて深《ふか》い、すごい穴《あな》だ。

パパがオイルのびんをもってもどってくると、ぼくはパパをよびとめて言《い》った。

「ぼくたちの穴《あな》を見《み》る？」

「こりゃすごいな」と、パパは言《い》った。それからパパは、オイルのびんの栓《せん》を歯《は》でぬこうとした。

するとそこへ、白《しろ》い帽子《ぼうし》をかぶったおじさんがきて、だれが砂浜《すなはま》に穴《あな》を掘《ほ》る許可《きょか》を出《だ》したのかね、とぼくらにきいた。

ぼくの友《とも》だちは、みんなそろってパパを指《ゆび》さして、「あの人《ひと》です!」と言《い》った。ぼくはとても鼻《はな》が高《たか》かった。白《しろ》い帽子《ぼうし》のおじさんは、きっとパパをほめるだろうと思《おも》ったからだ。

ところが、そのおじさんは、ちょっとおこっているようすだった。

「あんた、ちょっとおかしいんじゃないか、え? 子《こ》どもたちに穴《あな》を掘《ほ》れと教《おし》えるなんて」と、おじさんがパパに言《い》った。

あいかわらずオイルのびんの栓《せん》と格闘《かくとう》していたパパは、

「なんだって？」と、やり返《かえ》した。

するとも、白《しろ》い帽子《ぼうし》のおじさんは、大声《おおごえ》でどなりはじめた。りっぱなおとなが気《き》づかないとは信《しん》じられない、穴《あな》に落《お》ちた人《ひと》が足《あし》の骨《ほね》を折《お》るかもしれないし、満《み》ち潮《しお》になれば泳《およ》げない人《ひと》は穴《あな》に足《あし》をとられておぼれるかもしれない、それに砂《すな》がくずれたら子《こ》どもたちが生《い》き埋《う》めになる危険性《きけんせい》もある、とにかく穴《あな》があると、おそろしいことがたくさんおこるかもしれないのだから、穴《あな》はぜったいに埋《う》めもどさなければならない、と言《い》った。

「わかった」と、パパが言《い》った。「みんな、穴《あな》を埋《う》めなさい」

でも、みんなは穴《あな》を埋《う》めたくなかったんだ。

「掘《ほ》るのはおもしろいけど、埋《う》めるのはばかばかしい

や」と、コームが言《い》った。

「じゃ、泳《およ》ぎに行《い》こうぜ!」と、ファブリスが言《い》った。

それでみんなは、かけ足《あし》で行《い》ってしまったけど、ぼくはのこった。なぜって、パパがこまった顔《かお》をしてるのがわかったからだ。

「おーい、きみたち! おーい、みんな!」と、パパは大声《おおごえ》でよんだけど、

「子《こ》どもたちはほうっておけばいい。あんたが、いますぐこの穴《あな》を埋《う》めるんだね」と、白《しろ》い帽子《ぼうし》のおじさんはパパに言《い》いのこして、行《い》ってしまった。

パパは大《おお》きなためいきをついて、ぼくが穴《あな》を埋《う》めるのを手《て》つだってくれた。小《ちい》さなスコップが一《ひと》つしかなかったので、時間《じかん》がかかった。

やっと埋《う》めもどしたとき、ママが、昼《ひる》ごはんの時間《じかん》だからいそいでホテルに帰《かえ》りましょう、と言《い》った。時間《じかん》におくれると、お昼《ひる》を食《た》べさせてもらえないんだ。

「スコップとバケツ、それにほかの荷物《にもつ》もまとめて、早《はや》く帰《かえ》りましょう」と、ママがぼくに言《い》った。ぼくは荷物《にもつ》を集《あつ》めたけど、バケツが見《み》つからなかった。

「へいきだよ。さあ帰《かえ》ろう」と、パパが言《い》った。だけどぼくは、思《おも》いきり大声《おおごえ》で泣《な》きはじめた。

黄色《きいろ》と赤《あか》のすてきなバケツ、楽《たの》しい楽《たの》しい砂遊《すなあそ》びのバケツ。

「さあ、落《お》ちつくんだよ」と、パパが言《い》った。「そのバケツは、どこにおいたの？」

たぶん、いま埋《う》めもどしたばかりの穴《あな》の底《そこ》だよ、とぼくは答《こた》えた。パパは、ぼくをじろっとにらんだ。いまにもおしりをひっぱたかれそうだったので、ぼくはもっと大《おお》きな声《こえ》で泣《な》きはじめた。

パパは、しかたがない、パパがバケツを掘《ほ》り出《だ》してあげるから、もうこれ以上《いじょう》はパパをつかれさせないでおくれ、と言《い》った。

ぼくのパパは、みんなのパパの中《なか》でいちばんやさしいパパなんだよ！

ぼくらはふたりなのに、スコップはやっぱり一《ひと》つしかなかったので、ぼくはパパを手《て》つだうことができなかった。ぼくがパパの穴掘《あなほ》りを見《み》ていると、うしろから大《おお》きな声《こえ》が聞《き》こえた。

「あんたは、わしをばかにしとるのか？」

パパはおどろいて悲鳴《ひめい》を上《あ》げ、ふたりでうしろをふり向《む》くと、さっきの白《しろ》い帽子《ぼうし》のおじさんが立《た》っていた。

「たしか、穴《あな》を掘《ほ》ってはいけないと言《い》っておいたはずだが」と、おじさんが言《い》った。

パパがおじさんに、ぼくのバケツをさがしているのだと、わけを話《はな》すと、おじさんはパパに、それならいい、と言《い》い、あとですぐに埋《う》めもどすこと、とつけくわえた。そしておじさんは、パパが穴《あな》を埋《う》めるのを見張《みは》るために、そこにのこった。

「ねえ、あなた」と、ママがパパに言《い》った。「わたしはニコラと、先《さき》にホテルへ帰《かえ》るわ。バケツが見《み》つかったら、あなたもすぐに帰《かえ》ってきてくださいね」

それで、ぼくとママはホテルにもどった。パパは、うんとおそくなってからホテルにもどってきたけど、とてもつかれていて食欲《しょくよく》がなかったので、そのままベッドに入《はい》った。バケツは、見《み》つからなかったんだ。でも、それは大《たい》したことじゃなかった。だって、バケツはぼくの部屋《へや》にあったんだから。ぼくが、おきわすれてたんだ。

午後《ごご》、パパは日《ひ》やけのせいでお医者《いしゃ》さんをよばなければならなかった。お医者《いしゃ》さんはパパに、二日《ふつか》ほど安静《あんせい》にしなければいけない、と言《い》った。そして、

「サンオイルもぬらずに、こんなに長《なが》く太陽《たいよう》にあたるなんて、気《き》が知《し》れませんな」と、つけくわえた。

「それにしても」と、パパが言《い》った。「会社《かいしゃ》にのこっている同僚《どうりょう》たちは、いまごろなにをしているやら」

そう言《い》ったけど、パパはちっとも楽《たの》しそうじゃなかったよ。

ブルターニュ地方《ちほう》では、あいにくなことに、
ときどき太陽《たいよう》がコート・ダジュール（フランス南部《なんぶ》、
地中海《ちちゅうかい》に面《めん》した海岸《かいがん》で、有名《ゆうめい》な保養地《ほようち》がならぶ）
のほうへ、ちょっと散歩《さんぽ》に出《で》かけることがある。
ボー・リヴァージュ・ホテルの支配人《しはいにん》が
心配顔《しんぱいがお》で気圧計《きあつけい》をにらんでいるのは、そういうわけなのだ。
気圧計《きあつけい》の針《はり》は、同時《どうじ》に、
ホテルのお客《きゃく》さんたちの
ごきげん気圧《きあつ》も測定《そくてい》してくれる……。

Le boute-en-train
雨降《あめふ》りは ゆかいなおじさんの 出番《でばん》

ぼくらは、バカンスをホテルですごしている。砂浜《すなはま》と海《うみ》があり、それはもう最高《さいこう》なんだ。

でも、きょうは雨《あめ》が降《ふ》って、おもしろくない。ほんとうに、うんざりだ。雨《あめ》が降《ふ》ってこまるのは、おとなたちがぼくらの遊《あそ》ばせ方《かた》を知《し》らないことだ。ぼくらはきかん坊《ぼう》で手《て》におえないから、大《おお》さわぎになってしまうんだ。

ホテルには、ぼくの友《とも》だちがたくさんいる。ブレーズとフリュクチューとマメール――マメールって、まぬけなんだよ！　それにイレネ、イレネのパパは大《おお》きくて強《つよ》いんだ。それからファブリスとコームだ。みんなとってもいいやつだけど、いつもおりこうさんってわけじゃない。

昼《ひる》ごはんのとき、その日《ひ》は水曜《すいよう》だったので、ラビオリと魚《さかな》の切《き》り身《み》が出《で》たけど、いつも追加《ついか》を注文《ちゅうもん》するコームのパ

パとママは、イセエビを食《た》べた。ぼくが、海《うみ》べに行《い》きたいと言《い》ったら、
「よく見《み》てごらん、雨《あめ》が降《ふ》っているよ。きょうはパパを休《やす》ませておくれ。お友《とも》だちと、ホテルの中《なか》で遊《あそ》びなさい」と、パパが言《い》った。

そこでぼくが、もちろん友《とも》だちとは遊《あそ》ぶけど、砂浜《すなはま》がいいんだと言《い》うと、みんなの前《まえ》でおしりをぶたれたいのか、とパパがぼくをおどした。ぼくは、おしりをぶたれたくないので、泣《な》きはじめた。フリュクチューのテーブルでも、フリュクチューがわんわん泣《な》いていた。

するとブレーズのママが、ブレーズのパパに、こんなに雨《あめ》ばかり降《ふ》るところへバカンスにくるなんて、ほんとにどういうつもりなのかしらね、と言《い》った。ブレーズのパパは、ここを考《かんが》えたのはわたしじゃない、と大声《おおごえ》で言《い》った。わたしの人生《じんせい》で、これまで考《かんが》えたりしたことがあるのはただ一回《かい》、おまえと結婚《けっこん》するときだけだった、と。

ママがパパに、子《こ》どもを泣《な》かせたりしないでと言《い》ったら、パパは、わたしをおこらせるつもりなのかとさけんだ。そのときイレネがクリームをひっくり返《かえ》して床《ゆか》に落《お》としてしまった。で、イレネのパパがイレネをたたいた。

食堂《しょくどう》はもう大《おお》さわぎになり、そこへやってきたホテルの支配人《しはいにん》が、サロンにおいでください、そちらでコーヒーをお出《だ》ししますし、音楽《おんがく》もおかけします、と言《い》った。支配人《しはいにん》が聞《き》いたラジオの予報《よほう》によると、あしたはものすごくいいお天気《てんき》になるんだって。

みんながサロンへうつると、ランテルノさんが、

「わたしが子《こ》どもたちのお相手《あいて》をいたしましょう」と言《い》った。

ランテルノさんは、とてもやさしくて、ふざけるのが大《だい》すきで、だれとでもすぐなかよしになれるおじさんだ。ランテルノさんには、みんなの肩《かた》をポンポンたたくくせがあるけど、パパはそれが、あんまり気《き》に入《い》らなかった。だって、日《ひ》にやけてヒリヒリするパパの背中《せなか》を、ランテルノさんがポンとたたいてしまったんだもの。

食事《しょくじ》がおわって、ランテルノさんがカーテンとスタンドのシェードで変装《へんそう》してきたと

き、ホテルの支配人《しはいにん》はパパに、ランテルノさんはほんもののエンタテイナーなんです、と説明《せつめい》した。

するとパパは、

「わたしを笑《わら》わせるのは、むりだろうね」と言《い》って、ベッドに行《い》ってしまった。

ランテルノおばさんは、ランテルノさんといっしょにバカンスにきているけど、なにもしゃべらない。おばさんは、すこしつかれているみたいだ。

ランテルノさんは立《た》ち上《あ》がると、片手《かたて》を上《あ》げて大声《おおごえ》で言《い》った。

「さあ、みんな！　わたしの言《い》うとおりにして！　みんな、わたしのうしろに一列《れつ》にならぶんだ！　用意《ようい》はいいかい？　食堂《しょくどう》に向《む》かって、前《まえ》へ、進《すす》め！　おいちに、おいちに、おいちに！」

そしてランテルノさんは食堂《しょくどう》へ向《む》かったけど、すぐに、うかない顔《かお》で食堂《しょくどう》から出《で》てきた。それから、きみたちはなぜ、わたしについてこないのか、ときいた。

「だって」と、マメールが（こいつはまぬけなんだよ！）言《い》った。「ぼくらは海《うみ》べで遊《あそ》びたいんだよ」

「だめ、だめ」と、ランテルノさんが言《い》った。「雨《あめ》でびしょぬれになるのに海《うみ》べに行《い》くなんて、とんでもない！　さあ、わたしといっしょにおいで。砂浜《すなはま》より、もっと楽《たの》しく遊《あそ》べるよ。あとできみたち、いつも雨《あめ》が降《ふ》ったらいいのになあって、言《い》うようになるんだからね！」

そして、ランテルノさんは大笑《おおわら》いをはじめた。

「どうする？」と、ぼくはイレネにきいた。

「うん」と、イレネが答《こた》えたので、ぼくらは、みんなといっしょに食堂《しょくどう》へ行《い》った。

食堂《しょくどう》ではランテルノさんが、いすとテーブルをかたづけていた。ランテルノさんは、目《め》かくし鬼《おに》ごっこをやろう、と言《い》った。

「鬼《おに》はだれかな？」とランテルノさんがきいたので、ぼくらは、鬼《おに》になるのはランテルノさんだと言《い》った。

JE BOIS
BONU
BONA
UN
VERMOUTH

APERITIF

ランテルノさんは、よしわかった、ハンカチで目《め》かくしをしておくれ、と言《い》った。だけど、ぼくらのハンカチを見《み》たランテルノさんは、自分《じぶん》のハンカチをつかったほうがいいと思《おも》ったんだ。

ランテルノさんは、目《め》かくしをして両手《りょうて》を前《まえ》につき出《だ》すと、大声《おおごえ》で、

「ほうら、つかまえるぞ！　そらそら、つかまえてやるぞ！」と言《い》った。

そのときブレーズが、チェッカーならだれにだって負《ま》けないぞ、自分《じぶん》がチャンピオンだと言《い》ったので、ぼくは笑《わら》ってやった。だってぼくは、チェッカーがとても強《つよ》いんだ。ぼくが笑《わら》ったのが気《き》に入《い》らないブレーズは、ニコラがそんなに強《つよ》いなら、たしかめてやろうじゃないか、とぼくに言《い》った。

そこでぼくらはサロンへ行《い》って、ホテルの支配人《しはいにん》に、チェッカーを貸《か》してください、と言《い》った。みんなは、どちらが強《つよ》いのかを知《し》ろうとして、ぼくらについてきた。でも支配人《しはいにん》は、チェッカーを貸《か》したがらなかった。チェッカーはおとなのゲームだし、子《こ》どもは駒《こま》をなくすから、だめだと言《い》うんだ。

そこで、ぼくらみんながワイワイガヤガヤやっていると、ぼくらのうしろで、「かってに食堂《しょくどう》から出《で》たら、だめじゃないか！」と、大《おお》きな声《こえ》がした。それは、ぼくらをさがしにきたランテルノさんで、ぼくらが見《み》つかったのは、ランテルノさんが目《め》かくしをとっていたからだった。顔《かお》をまっかにしたランテルノさんは、すこし声《こえ》もふるえていた。ちょうど、パパの新《あたら》しいパイプでシャボン玉《だま》を作《つく》ろうとしているぼくを見《み》つけたときの、パパの声《こえ》のようだった。

「いいかね」と、ランテルノさんが言《い》った。「きみたちのパパやママはお昼寝《ひるね》をするから、サロンにのこったみんなで、楽《たの》しく遊《あそ》ぶことにしよう。とてもおもしろいゲームがあるんだ。みんな、紙《かみ》とえんぴつをもちなさい。わたしが、ある一《ひと》つの文字《もじ》を言《い》うから、きみたちはその文字《もじ》をつかって、五《いつ》つの国《くに》の名《な》と、五《いつ》つの動物《どうぶつ》の名《な》と、五《いつ》つの都市《とし》の名《な》まえを書《か》くんだよ。負《ま》けた人《ひと》は、罰《ばっ》ゲームをやります」

ランテルノさんは、紙《かみ》とえんぴつをとりに行《い》った。でも、ぼくらは食堂《しょくどう》で、いすをつかってバスごっこをはじめた。ランテルノさんがぼくらをさがしにきたとき、ランテルノさんはすこし腹《はら》を立《た》てていたと思《おも》うよ。

「全員《ぜんいん》、サロンに集合《しゅうごう》！」と、ランテルノさんはさけんだ。

「最初《さいしょ》の文字《もじ》はA《アー》です。さあ、はじめ！」

そういうとランテルノさんは、ものすごい早《はや》さで書《か》きはじめたんだ。

「ぼくのえんぴつ、芯《しん》が折《お》れちゃった、これじゃ不公平《ふこうへい》だ！」とフリュクチューが言《い》うと、ファブリスは、

「おじさん！　コームがカンニングをしてる！」とさけんだ。

「うそだい、このうそつきやろう！」と、コームがやり返《かえ》したら、ファブリスがコームの顔《かお》をパチンとたたいた。コームは、すこしおどろいたようだったけど、すぐにファブリスにキックを入《い》れはじめた。ぼくがAUTRICHE《オーストリア》と書《か》こうとしたとき、フリュクチューがぼくのえんぴつを横《よこ》どりしようとしたので、ぼくはフリュクチューの鼻《はな》の頭《あたま》にパンチを入《い》れた。するとフリュクチューはめちゃくちゃになぐりかかってきたので、イレネ

がとばっちりをうけて、一《ひと》つなぐられた。それからマメールが大声《おおごえ》で、「ねえ、みんな！ASNIERES《アニエール》（地名《ちめい》）って、国《くに》だったっけ？」ときいた。どこもかしこも大《おお》さわぎで、気《き》ばらしには最高《さいこう》だった。

そのとき、ガチャン！と音《おと》がして、灰皿《はいざら》が床《ゆか》に落《お》ちて割《わ》れた。するとホテルの支配人《しはいにん》がすっとんできて、大《おお》きな声《こえ》でぼくたちをしかりはじめ、ぼくたちのパパとママたちもやってきた。サロンでは、ぼくたちとホテルの支配人《しはいにん》とぼくたちのパパとママたちとで口論《こうろん》になった。ランテルノさんはね、知《し》らないうちにどこかへ行《い》っちゃったんだよ。

夜《よる》、晩《ばん》ごはんのときになって、ランテルノおばさんがようやくランテルノさんを見《み》つけた。ランテルノさんは、午後《ごご》ずっと雨《あめ》にぬれたまま、砂浜《すなはま》にひとりですわっていたらしいんだ。

ランテルノさんがすごいエンタテイナーだっていうのは、ほんとうだよ。ホテルにもどってきたランテルノさんを見《み》たパパは、もう笑《わら》いがとまらなくて、とうとう食事《しょくじ》もできなかったんだからね。その日《ひ》は水曜《すいよう》で、夜《よる》のごちそうは、パパの好物《こうぶつ》の魚《さかな》のスープだったというのに！

ボー・リヴァージュ・ホテルは、海《うみ》に面《めん》している。
窓《まど》から外《そと》をながめるためにバスタブのふちに立《た》つときは、
すべらないように注意《ちゅうい》しなくてはいけない。
うまくバスタブのふちに立《た》つと、
晴天《せいてん》の日《ひ》には神秘的《しんぴてき》なアンブラン島《とう》がくっきりと見《み》える。
観光協会《かんこうきょうかい》のパンフレットによれば、
かの有名《ゆうめい》な鉄仮面《てっかめん》がこの島《しま》に
とらえられていたかもしれないというのだ。
アンブラン島《とう》では、鉄仮面《てっかめん》が
とじこめられていたかもしれない監獄《かんごく》を見学《けんがく》したり、
売店《ばいてん》でおみやげを買《か》うこともできる。

L'île des Embruns

白波《しらなみ》けたてアンブラン島《とう》へ

すごいんだよ、だって、船《ふね》で遠足《えんそく》に出《で》かけるんだ。

でも、ランテルノさんとおばさんもいっしょなので、パパはあまりのり気《き》じゃなかった。パパはランテルノさんがそんなにすきじゃない、とぼくは思《おも》うんだ。なぜだかわからないけど。

ランテルノさんは、ぼくたちとおなじホテルでバカンスをすごしている、とてもゆかいなおじさんで、いつもみんなを楽《たの》しませようとするんだ。

きのうランテルノさんは、大《おお》きなつけひげと紙《かみ》の鼻《はな》をつけて食堂《しょくどう》にやってきて、ホテルの支配人《しはいにん》に、魚《さかな》が新鮮《しんせん》じゃないともんくをつけた。ぼくはおもしろくて、いやというほど笑《わら》った。そのときに、ママがランテルノおばさんに、わたしたちはアンブラン島《とう》へ遠足《えんそく》に行《い》くんですよと言《い》った

ら、ランテルノさんは、

「それはいい考《かんが》えだ、じゃわたしたちも、ごいっしょしましょう。そうすれば、みなさんがたいくつせずにすみますからね！」と言《い》ったんだ。

パパは、あとでママに、あれはまずかった、遠足《えんそく》のことをランテルノさんにしゃべるなんて、あのできそこないのエンタテイナーは、きっとわたしたちの遠足《えんそく》をだいなしにするにちがいない、と言《い》った。

朝《あさ》、ぼくたちは、ローストビーフとサンドイッチとゆでたまごとバナナとシードルをピクニック用《よう》のバスケットに入《い》れて、ホテルを出《で》た。気分《きぶん》は最高《さいこう》だった。

すると、白《しろ》い船員帽《せんいんぼう》をかぶったランテルノさんがやってきた。ぼくもあんな帽子《ぼうし》がほしいな。

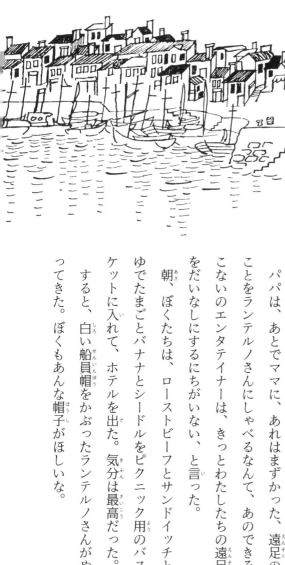

「それじゃ、みなさん、乗船準備《じょうせんじゅんび》はオーケーですか？　前《まえ》へ進《すす》め、おいちに、おいちに！」と、ランテルノさんが言《い》った。

パパが小《ちい》さな声《こえ》でなにかを言《い》いかけると、ママは大《おお》きな目《め》でパパをにらんだ。

港《みなと》で船《ふね》を見《み》たとき、ぼくはすこしがっかりした。船《ふね》は、ものすごく小《ちい》さいんだ。船《ふね》の名《な》まえはラジャンヌ号《ごう》で、大《おお》きな赤《あか》い顔《かお》の船長《せんちょう》さんはベレー帽《ぼう》をかぶっていたけど、船長《せんちょう》なのに金《きん》モールがいっぱいついた制服《せいふく》を着《き》てなかった。夏休《なつやす》みがおわったら学校《がっこう》の友《とも》だちに、りっぱな船長《せんちょう》さんの話《はなし》をしたかったので、ぼくは期待《きたい》してたんだけどなあ。でも、まあいいや、どちらにしてもぼくは船長《せんちょう》の話《はなし》をするし、けっきょく、金《きん》モールがあってもなくても、おなじなんだ。

「やあ、船長《せんちょう》」と、ランテルノさんが言《い》った。「のせてもらっていいかね？」

「お客《きゃく》さんがたは、アンブラン島《とう》へお出《で》かけで？」と、船長《せんちょう》が念《ねん》をおした。

それからぼくらは船《ふね》にのりこんだけど、ランテルノさんは立《た》ったまま、大《おお》きな声《こえ》で、

「もやい綱《づな》をとけ！　帆《ほ》を上《あ》げろ！　さあ、出航《しゅっこう》だ！」と言《い》った。

「そんなにうごかないで」と、パパが言《い》った。「みんなを海《うみ》にほうり出《だ》すつもりですか！」

「ええ、そうですわ」と、ママも言《い》った。「ランテルノさん、気《き》をつけてくださいな」

それからママは小《ちい》さな笑《わら》い声《ごえ》を立《た》て、ぼくの手《て》をしっかりにぎったまま、こわいことはありませんからね、とぼくに言《い》った。ぼくはこわくなんかない、だってぼくは、新学期《しんがっき》に学校《がっこう》で船《ふね》の話《はなし》をするつもりなんだから。

「ご心配《しんぱい》なく、おくさん」と、ランテルノさんがママに言《い》った。「あなたといっしょに船《ふね》

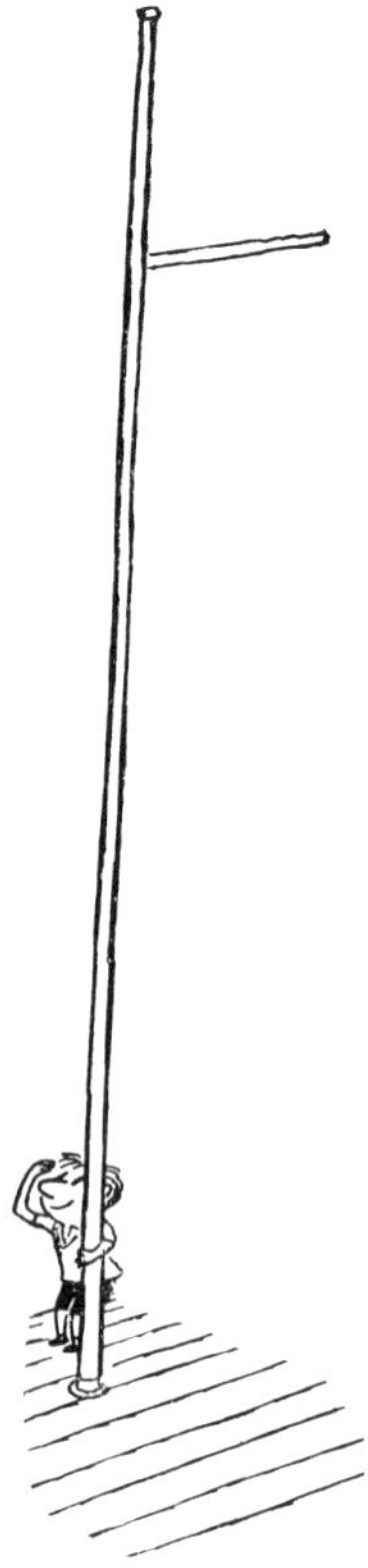

にのっているのは、かつての海《うみ》の男《おとこ》ですからな」
「海《うみ》の男《おとこ》だったって、あんたが？」と、パパがきいた。
「いや、正確《せいかく》にはそうじゃないが」と、ランテルノさんが答《こた》えた。「わが家《や》の暖炉《だんろ》の上《うえ》に
は、びんに入《はい》った小《ちい》さな模型《もけい》の帆船《はんせん》がありましてな！」
そしてランテルノさんは大笑《おおわら》いをして、パパの背中《せなか》をドンとたたいた。
ランテルノさんは「帆《ほ》を上《あ》げろ」と言《い》ったけど、船長《せんちょう》は帆《ほ》を上《あ》げなかった。だって、船《ふね》
には帆《ほ》がなかったんだ。そのかわりにポンポンポンと音《おと》を立《た》てるエンジンがあって、こい
つは、ぼくらの家《いえ》の前《まえ》を通《とお》るバスとおなじにおいがした。
ぼくらは港《みなと》を出《で》た。小《ちい》さな波《なみ》で船《ふね》がゆれて、とてもおもしろかった。
「海《うみ》は、荒《あ》れないだろうね？」と、パパが船長《せんちょう》にきいた。「水平線《すいへいせん》に突風《とっぷう》なんか吹《ふ》いてな
いよね？」
ランテルノさんが笑《わら》いはじめた。
「あんたは船酔《ふなよ》いするのがこわいんだね！」と、ランテルノさんはパパに言《い》った。

「船酔《ふなよ》いだって？」と、パパが答《こた》えた。「じょうだんじゃない。わたしならだいじょうぶ。賭《か》けてもいいが、あんたのほうがわたしより先《さき》に船酔《ふなよ》いするさ！」

「よし、賭《か》けた！」とランテルノさんがパパの背中《せなか》をドンとたたいて言《い》ったら、パパは、ランテルノさんの顔《かお》にパンチを一発《いっぱつ》入《い》れたいような顔《かお》をしていた。

「ママ、船酔《ふなよ》いってなんなの？」と、ぼくはママにきいた。

「そんなことより、坊《モンシェリ》や、ほかの話《はなし》をしましょうね」と、ママがぼくに言《い》った。

波《なみ》はどんどん大《おお》きくなり、ぼくはますます楽《たの》しくなった。ぼくらのところから、ぽつんと小《ちい》さくなったホテルが見《み》えた。ママが赤《あか》い水着《みずぎ》を干《ほ》してきたので、ぼくらの浴室《よくしつ》の窓《まど》はすぐにわかった。アンブラン島《とう》まで一時間《じかん》ぐらいかかるらしいけど、すばらしい旅《たび》になりそうだよ！

「ところでね」と、ランテルノさんがパパに言《い》った。「わたしは、あんたを笑《わら》わせる話《はなし》を一《ひと》つ知《し》っとるがね。つまりだ、スパゲッティを食《た》べたくてしかたのない腹《はら》ぺこがふたりいたんだ……」

ざんねんだけど、ぼくには話《はなし》のつづきが聞《き》こえなかった。だって、ランテルノさんはパパの耳《みみ》もとで、ひそひそ声《ごえ》でその話《はなし》をつづけたんだもの。

「なるほど」と、パパが言《い》った。「それならあんたは、消化不良《しょうかふりょう》を治療《ちりょう》する医者《いしゃ》の話《はなし》を知《し》ってるかい？」

ランテルノさんがその話《はなし》を知《し》らなかったので、パパはランテルノさんの耳《みみ》もとでその話《はなし》をした。やれやれ、なんておしゃべりな人《ひと》たちだろう！

ママは話《はなし》を聞《き》かず、ホテルのほうを見《み》ていた。ランテルノおばさんは、いつものようにだまっていた。おばさんはいつ見《み》ても、すこしつかれたようなようすをしている。

ぼくは前方《ぜんぽう》のアンブラン島《とう》を見《み》ていたけど、島《しま》はまだ遠《とお》くて、白《しろ》い泡《あわ》を立《た》てる波《なみ》がきれいだった。

でもランテルノさんは、島《しま》を見《み》ないでパパを見《み》ていた。どういうつもりなのか、ランテルノさんは、バカンスにくる前《まえ》にレストランでなにを食《た》べたかを、パパに話《はな》してきかせようとしていた。いつもならランテルノさんと話《はな》すのをいやがっているのに、パパは、初聖体《はつせいたい》のときの食事《しょくじ》で食《た》べたものを、ランテルノさんに話《はな》しているんだ。

ぼくは、ふたりの話《はなし》を聞《き》いているうちにおなかがすいてきたので、ママに、ゆでたまごを一《ひと》つちょうだいと言《い》ったけど、ママには聞《き》こえなかった。たぶん風《かぜ》のせいだと思《おも》うけど、ママは両手《りょうて》で耳《みみ》をおさえていたんだ。

「顔色《かおいろ》がすこし青《あお》いようだね」と、ランテルノさんがパパに言《い》った。「あたたかい羊《ひつじ》のあぶらを大《おお》きなどんぶりで飲《の》んだら、気分《きぶん》がよくなるよ」

「それもいいけど」と、パパが言《い》った。「あつあつのチョコレートをたっぷりかけたカキというのも、わるくない」

アンブラン島《とう》は、もう目《め》の前《まえ》だった。

「もうすぐ島《しま》につきますよ」と、ランテルノさんがパパに言《い》った。「その前《まえ》に、ローストビーフかサンドイッチを食《た》べといたほうがよくありませんか？」

「いいですね」と、パパが答《こた》えた。「海《うみ》の空気《くうき》を吸《す》っていると、おなかがぺこぺこになりますからね！」

そしてパパは、バスケットを手《て》にもって、船長《せんちょう》のところへ行《い》った。

「船長《せんちょう》、島《しま》へつく前《まえ》に、サンドイッチはいかがですか」

けっきょく、ぼくらはアンブラン島《とう》に到着《とうちゃく》しなかった。というのは、サンドイッチを見《み》た船長《せんちょう》が、とたんにとても気分《きぶん》がわるくなり、ぼくらは大《おお》いそぎで港《みなと》にひき返《かえ》さなければならなくなったからなんだ。

新《あたら》しい体操《たいそう》の先生《せんせい》が、浜《はま》べにやってきた。
パパやママたちは、先《さき》をあらそって、
子《こ》どもたちを体操《たいそう》のレッスンに登録《とうろく》した。
パパやママたちは、少《すく》なくとも毎日《まいにち》一時間《じかん》、
子《こ》どもたちをたいくつさせないようにすることが、
みんなにとって最高《さいこう》のしあわせになると
知恵《ちえ》をしぼったわけだ。

La gym

体操《たいそう》のレッスン

きのう、新《あたら》しい体操《たいそう》の先生《せんせい》がきた。

「わたしの名《な》まえはエクトール・デュヴァルです」と、先《せん》生《せい》はぼくらに言《い》った。「ところで、きみたちの名《な》まえは？」

「ぼくらは、そんな名《な》まえじゃないよ」と、ファブリスが答《こた》えたので、ぼくらはゲラゲラ笑《わら》った。

ぼくは、ホテルの友《とも》だちと砂浜《すなはま》にいた。ブレーズ、フリュクチュー、マメール――こいつはまぬけなんだ！　それにイレネとファブリスとコームだ。

体操《たいそう》のレッスンにはラメール・ホテルやラプラージュ・ホテルからも子《こ》どもたちがたくさんやってきたけど、ボー・リヴァージュ・ホテルのぼくらは、ほかのホテルのれんちゅうがすきじゃないんだ。

先生《せんせい》は、ぼくらが笑《わら》うのをやめると、両腕《りょううで》をまげて大《おお》き

HECTOR
DUVAL

な力《ちから》こぶを二《ふた》つ、作《つく》って見《み》せた。

「きみたちも、こんな力《ちから》こぶがほしくはないかい？」と、先生《せんせい》がきいた。

「まあね」と、イレネが答《こた》えた。

「ぼくは、そんなの、すごいと思《おも》わないな」と、フリュクチューが言《い》ったけど、コームは、どうしてだい、いいじゃないか、ぼくはあんな力《ちから》こぶがあったらいいな、学校《がっこう》で友《とも》だちをびっくりさせてやるんだ、と言《い》った。

コームって、いやみなやつだ。いつも目立《めだ》とうとするんだ。

「よろしい」と、先生《せんせい》が言《い》った。「もしきみたちがいい子《こ》にして、体操《たいそう》のレッスンをちゃんとうけたら、新学期《しんがっき》には、みんなにも先生《せんせい》のような筋肉《きんにく》がついているよ」

それで先生《せんせい》がぼくたちに、整列《せいれつ》しなさいと言《い》うと、コームはぼくに、

「きみは、ぼくのようにトンボ返《がえ》りはできないだろう」と言《い》った。

ぼくは笑《わら》ってやった。なぜって、ぼくはトンボ返《がえ》りがとくいなんだ。そこで、ぼくは

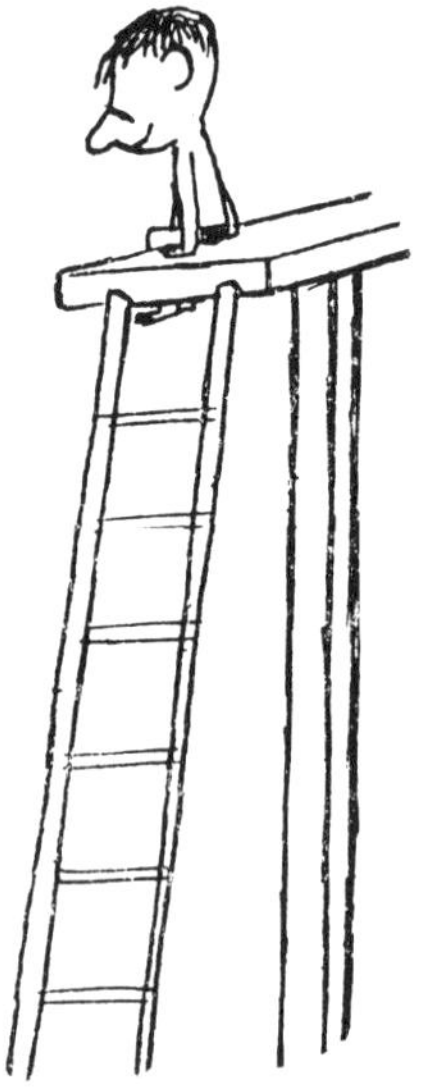

コームにトンボ返《がえ》りを見《み》せてやった。

「ぼくもできる！　ぼくにもできるぞ！」と、ファブリスは言《い》ったけど、ファブリスはできなかった。トンボ返《がえ》りがじょうずなのはフリュクチューだった。どう見《み》ても、ブレーズよりはうんとうまかった。

そこで、みんながてんでにトンボ返《がえ》りをはじめたら、大《おお》きなホイッスルの音《おと》がした。

「さあ、トンボ返《がえ》りはおしまいだ」と、先生《せんせい》が大声《おおごえ》で言《い》った。「一列《れつ》にならべ、と言《い》っただろう。きみたちは一日《にち》じゅう、ピエロのまねをしているつもりなのか！」

もめごとはいやだったので、ぼくらは整列《せいれつ》した。すると先生《せんせい》は、全身《ぜんしん》に筋肉《きんにく》をつけるにはどうしたらいいか、ぼくたちに見《み》せてあげようと言《い》って、両腕《りょううで》を上《あ》げて、そして下《お》ろした。先生《せんせい》がまた両腕《りょううで》を上《あ》げ、下《お》ろし、それからまた上《あ》げたとき、ラメール・ホテルのやつがぼくらに、ぼくらのホテルはきたないと言《い》った。

「きたないもんか」と、イレネが大声《おおごえ》でやり返《かえ》した。「ぼくらのホテルは最高《さいこう》だぞ。きみらのホテルのほうこそ、うすぎたないじゃないか！」

「ぼくらのホテルじゃ」と、ラプラージュ・ホテルのやつが言《い》った。「毎晩《まいばん》、チョコレート・アイスクリームが出《で》るんだぞ！」

「なあんだ！」と、ラメール・ホテルのやつが言《い》った。「チョコレート・アイスクリームなら、ぼくらはお昼《ひる》に出《で》るさ。それに、木曜日《もくようび》にはジャム・クレープがつくんだぜ！」

「ぼくのパパは」と、コームが言《い》った。「いつも追加《ついか》を注文《ちゅうもん》するんだぞ。ホテルの支配人《しはいにん》は、パパのほしいものなら、なんだって出《だ》すんだ」

「うそつき、そんなのうそだ！」と、ラプラージュ・ホテルのやつが言《い》った。
「いつまでおしゃべりしているつもりだ？」と、体操《たいそう》の先生《せんせい》が大《おお》きな声《こえ》で言《い》った。先生《せんせい》は、もう腕《うで》をうごかしていなかった。というのも、先生《せんせい》は腕《うで》ぐみをして、鼻《はな》の穴《あな》をへんなふうにうごかしていたからだ。鼻《はな》の穴《あな》をヒクヒクうごかして筋肉《きんにく》がつくとは、ぼくには思《おも》えないんだけどな。
　先生《せんせい》は顔《かお》を手《て》でひとなでしてから、ぼくらに、腕《うで》の運動《うんどう》はあとまわしにして、まず最初《さいしょ》にゲームをやろう、と言《い》った。先生《せんせい》って、なかなか話《はな》せるぞ！
「かけっこをやろう」と、先生《せんせい》が言《い》った。「ここに一列《れつ》にならびなさい。ホイッスルがなったらスタートだ。

あの向《む》こうのパラソルのところに最初《さいしょ》に到着《とうちゃく》した者《もの》が勝《か》ちだ。用意《ようい》はいいかい？」

先生《せんせい》がホイッスルをならすと、ひとりだけかけ出《だ》したけど、それはマメールだった。ぼくらは、ファブリスが砂浜《すなはま》で見《み》つけた貝《かい》がらを見《み》てたんだ。するとコームが、もっとうんとでっかいやつを見《み》つけたことがある、と言《い》った。コームはそれを、灰皿《はいざら》にするようにって、パパにあげたんだって。

そのとき先生《せんせい》が、ホイッスルを砂《すな》の上《うえ》にたたきつけ、何度《なんど》も何度《なんど》も足《あし》でふみつけたんだ。こんなに人《ひと》がおこったのを見《み》たのは、学校《がっこう》で、先生《せんせい》のお気《き》に入《い》りで成績《せいせき》がクラスで一番《いちばん》のアニャンが、算数《さんすう》のテストで二番《ばん》になったときに見《み》て以来《いらい》だった。

「きみたち、わたしの言《い》うことをきくのかきかないのか、どっちなんだ？」と、先生《せんせい》がさけんだ。

「ちょっと待《ま》って」と、ファブリスが言《い》った。「かけっこならすぐにやるから、先生《せんせい》、そんなにせかさないでよ」

先生《せんせい》は両目《りょうめ》をとじて、にぎりこぶしを作《つく》り、ヒクヒクうごく鼻《はな》の穴《あな》を空《そら》に向《む》けた。それから顔《かお》をぼくらのほうに向《む》けて、ゆっくりと、とてもていねいに話《はな》しはじめた。

「よろしい」と、先生《せんせい》は言《い》った。「もう一度《ど》、やりなおすことにしよう。みんな、スタートの位置《いち》について」

「だめだよ」と、マメールがさけんだ。「そんなの不公平《ふこうへい》だ！　ぼくが勝《か》ったじゃないか。ぼくがいちばん先《さき》に、パラソルのところについたんだ！　こんなのおかしいよ。パパに言《い》いつけてやる！」

マメールは泣《な》きはじめ、砂《すな》の上《うえ》で足《あし》をバタバタさせた。そして、ぼくが一番《いちばん》でないなら、もうレッスンをやめて、泣《な》きながら帰《かえ》ってやる、と言《い》った。

マメールはほんとに帰《かえ》ったほうがいいと、ぼくは思《おも》った。だって先生《せんせい》は、きのう晩《ばん》ごはんに出《で》た肉《にく》と野菜《やさい》の煮《に》こみ料理《りょうり》を見《み》たパパとおなじ顔《かお》で、マメールをにらみつけていたんだから。

「みんな」と、先生《せんせい》が言《い》った。「いい子《こ》のみんな、きみたちの中《なか》で先生《せんせい》の言《い》うとおりにしない人《ひと》がいれば……先生《せんせい》が思《おも》いっきりおしりをぶつことにする！」

「そんなこと、できるもんか」と、だれかが言《い》った。「ぼくのおしりをたたいていいのは、パパとママとおじさんとぺぺ（おじいちゃん）だけだぞ！」

「いま言《い》ったのは、だれだ？」と、先生《せんせい》がきいた。

「こいつだよ」と、ラプラージュ・ホテルの中《なか》でいちばん小《ちい》さい子《こ》を指《ゆび》さして、ファブリスが言《い》った。

「うそだ、この大《おお》うそつき」と、ラプラージュ・ホテルのちびが言《い》ったので、ファブリスはちびの顔《かお》に砂《すな》を投《な》げた。ところが、このちびがファブリスの顔《かお》に、ものすごいパンチを入《い》れたんだ。このちびは、前《まえ》から体操《たいそう》をやっていたにちがいないとぼくは思《おも》う。だってファブリスは、泣《な》くのもわすれて、ただつっ立《た》っていたんだもの。

それでみんながとっくみ合《あ》いになったけど、ラメール・ホテルのやつらもラプラージュ・ホテルのやつらも、けっこう強《つよ》いんだ。

ぼくらの勝負《しょうぶ》がおわると、砂《すな》の上《うえ》にすわっていた先生《せんせい》が立《た》ち上《あ》がって、言《い》った。

「さてと、つぎのゲームをやろう。みんな、海《うみ》に向《む》かって。合図《あいず》をしたら海《うみ》へとびこむこと！　用意《ようい》はいいか？　はい、スタート！」

このゲームは、とてもぼくらの気《き》に入《い》った。浜《はま》べでごきげんなのは、砂浜《すなはま》と海《うみ》なんだ。みんな、ものすごく走《はし》った。海《うみ》は最高《さいこう》だったよ。それからぼくらは水《みず》をかけっこしたり、波《なみ》といっしょにとび上《あ》がったりして遊《あそ》んだんだ。

コームは、「ねえ見《み》て！　見《み》てよ！　ぼくはクロールができるよ！」とさけんでいたけど、ぼくらが砂浜《すなはま》にもどってみると、もう先生《せんせい》はいなくなっていた。

そして今日《きょう》、また新《あたら》しい体操《たいそう》の先生《せんせい》がやってきた。

「わたしの名《な》まえはジュール・マルタンです」と、新《あたら》しい先生《せんせい》が言《い》った。「ところで、きみたちの名《な》まえは？」

バカンスは楽《たの》しくつづいている。

ニコラのパパも、夜《よる》の食事《しょくじ》に

貝《かい》がらのかけらが入《はい》った煮《に》こみ料理《りょうり》が出《で》ないかぎり、

ボー・リヴァージュ・ホテルに、

なに一《ひと》つもんくをつけない。

しばらく体操《たいそう》の先生《せんせい》がすがたを見《み》せなかったので、

子《こ》どもたちは、

ありあまるエネルギーを発散《はっさん》させるために、

なにかほかの遊《あそ》びをさがしていた……。

Le golf miniature

ミニゴルフは楽《たの》し

きょうぼくらは、おみやげ屋《や》さんのとなりのミニゴルフ場《じょう》へ遊《あそ》びに行《い》くことに決《き》めた。ミニゴルフはとてもおもしろいんだ。どんなゲームなのかっていうと、パターとボールを借《か》りて、ボールをパターで打《う》ってころがし、できるだけ少《すく》ない回数《かいすう》でボールをカップに入《い》れるんだ。ぜんぶで十八ホールのカップがあって、カップに入《い》れるには、小《ちい》さなお城《しろ》や川《かわ》や曲《ま》がりかどや山《やま》や階段《かいだん》を通《とお》らないといけない。それがとてもおもしろいんだけど、やさしいのは最初《さいしょ》のホールだけなんだ。

やっかいなのは、ミニゴルフ場《じょう》のおじさんが、おとなのつきそいがないとぼくらを遊《あそ》ばせてくれないことだ。そこでぼくは、ブレーズとフリュクチューとマメール――こいつはまぬけなんだ！　それにイレネとファブリスとコームといっしょに、ぼくのパパのところに行《い》き、ぼくたちとミニゴルフ場《じょう》へ遊《あそ》びに行《い》こうよとさそった。

「だめだ」と、砂浜《すなはま》で新聞《しんぶん》を読《よ》んでいたパパが言《い》った。

「行《い》こうよ、一度《ど》でいいんだから！」と、ブレーズが言《い》い、

「行《い》こうよ！　行《い》こうよ！」と、ほかのみんなも大声《おおごえ》で言《い》った。

そして、ぼくは泣《な》きはじめ、ミニゴルフで遊《あそ》べないのなら、足踏《あしぶ》みボートにのって、どこかとっても遠《とお》いところへ行《い》ってしまう、そしたらもう、みんなは二度《ど》とぼくには会《あ》えないんだ、と言《い》った。

「できっこないよ。足踏《あしぶ》みボートも、おとながいないと借《か》りられ

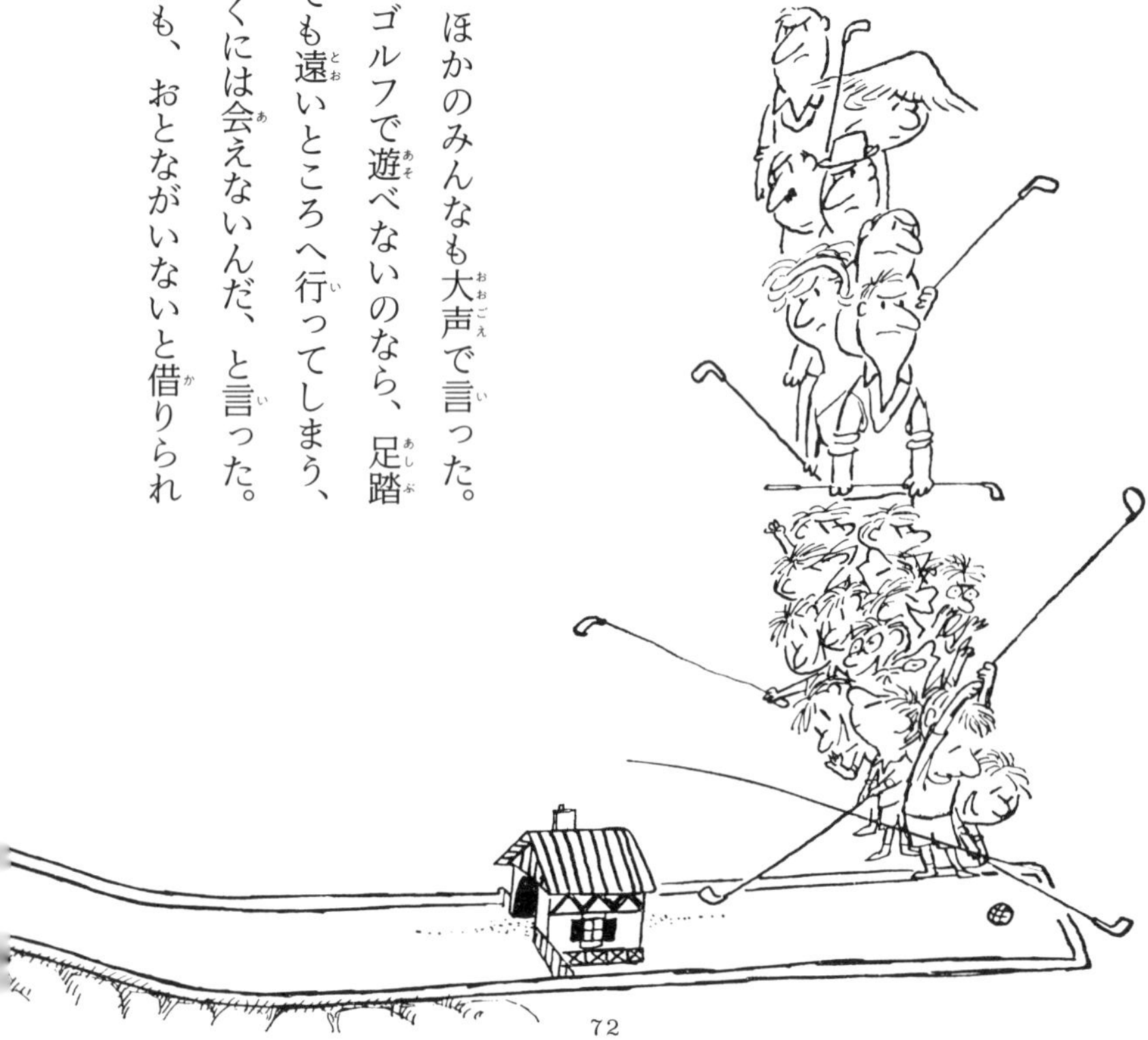

ないんだから」と、マメールが言《い》った。ほんとにマメールって、まぬけなんだよ。

「なあに」と、目立《めだ》ちたがりやで、ぼくをイライラさせるコームが言《い》った。「ぼくなら足踏《あしぶ》みボートなんかいらないや。ぼくはクロールで、うんと遠《とお》くへ行《い》けるからね」

ぼくらはみんな、パパのまわりでワイワイやりはじめた。するとパパは、新聞《しんぶん》をクシャクシャにまるめ、砂《すな》の上《うえ》に投《な》げつけて言《い》ったんだ。

「よし、わかった、みんなをミニゴルフにつれてってやろう」

ぼくのパパは、世界《せかい》じゅうでいちばんやさしいパパなんだ。ぼくはパパにそう言《い》って、キスをした。

ぼくらを見《み》たミニゴルフ場《じょう》のおじさんは、なかなかぼくらを中《なか》に入《い》れようとしなかった。そこでぼくらは、大声《おおごえ》でわめきはじめた。

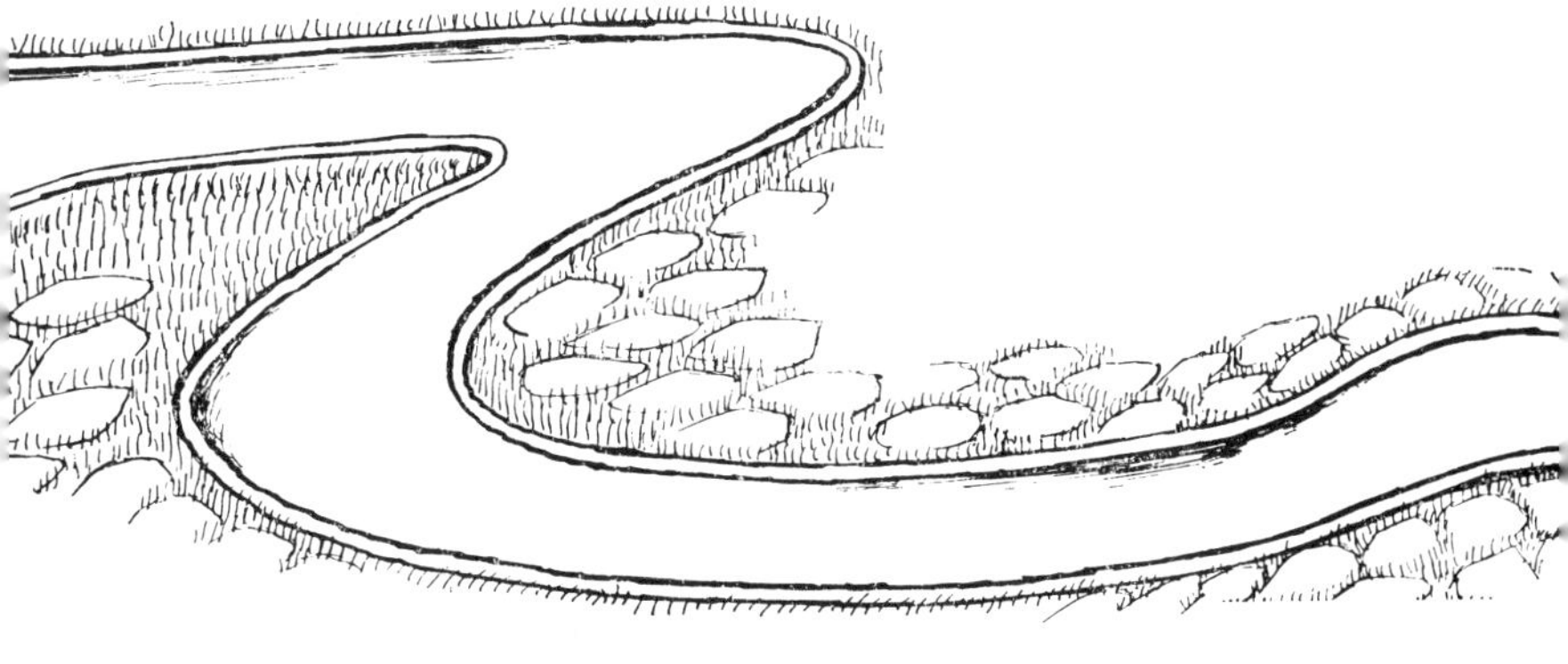

「入《い》れろ！　入《い》れろ！」

するとミニゴルフ場《じょう》のおじさんも、しかたなくぼくらを入《い》れることにしたけど、パパに、しっかりぼくらを監督《かんとく》してほしい、と言《い》った。

ぼくらは、いちばんやさしい最初《さいしょ》のホールの出発点《しゅっぱってん》に集《あつ》まった。そこで、なんでも知《し》っているパパが、パターのもち方《かた》を教《おし》えてくれた。

「ぼく、知《し》ってるよ」とコームが言《い》って、まっさきにゲームをはじめようとした。すると、ファブリスが、きみが一番《いちばん》にプレーをするなんておかしいとコームに言《い》った。

「学校《がっこう》で先生《せんせい》がぼくらに質問《しつもん》するときみたいに、名《な》まえのアルファベット順《じゅん》でやるしかないよ」とブレーズ

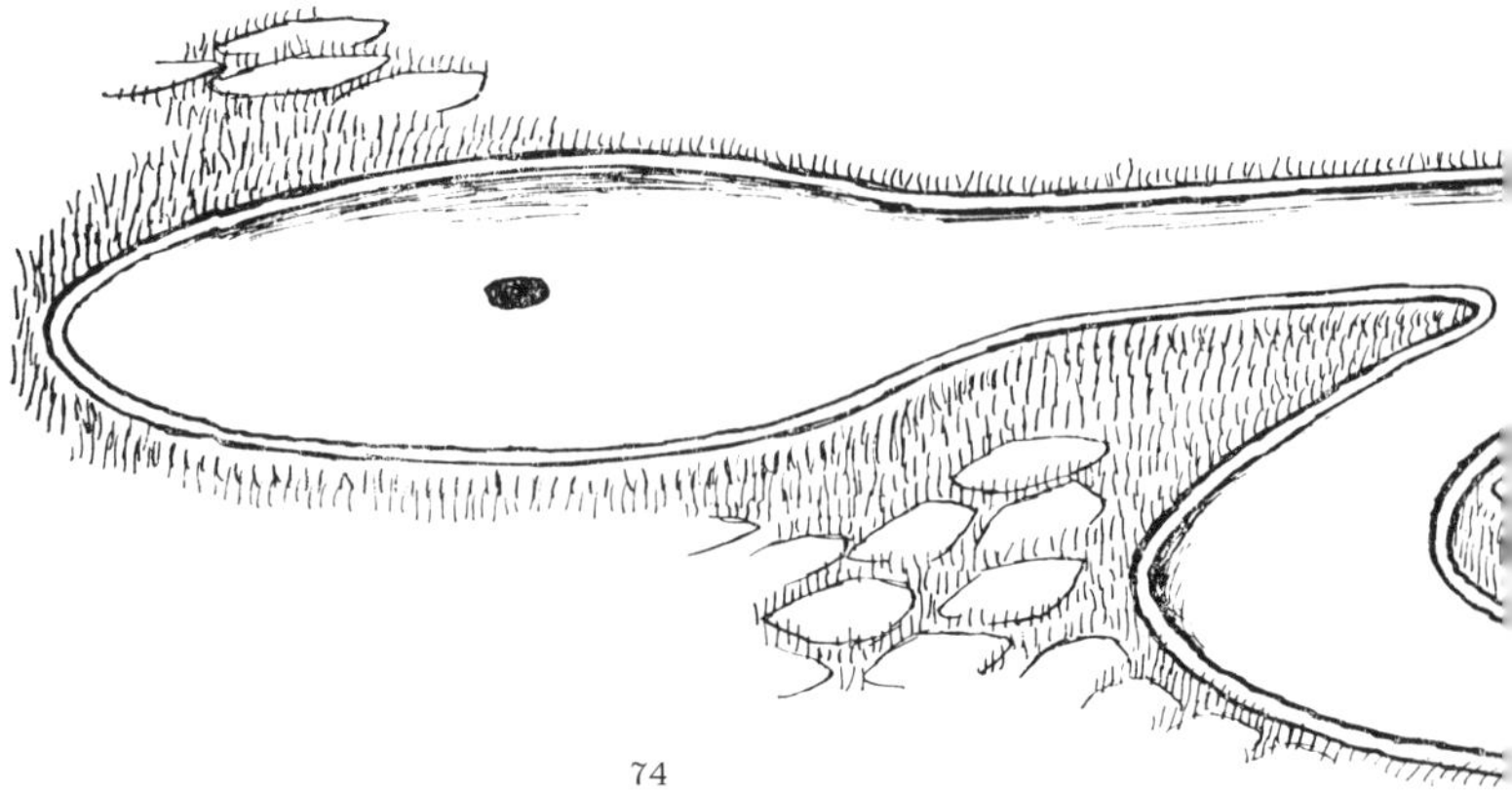

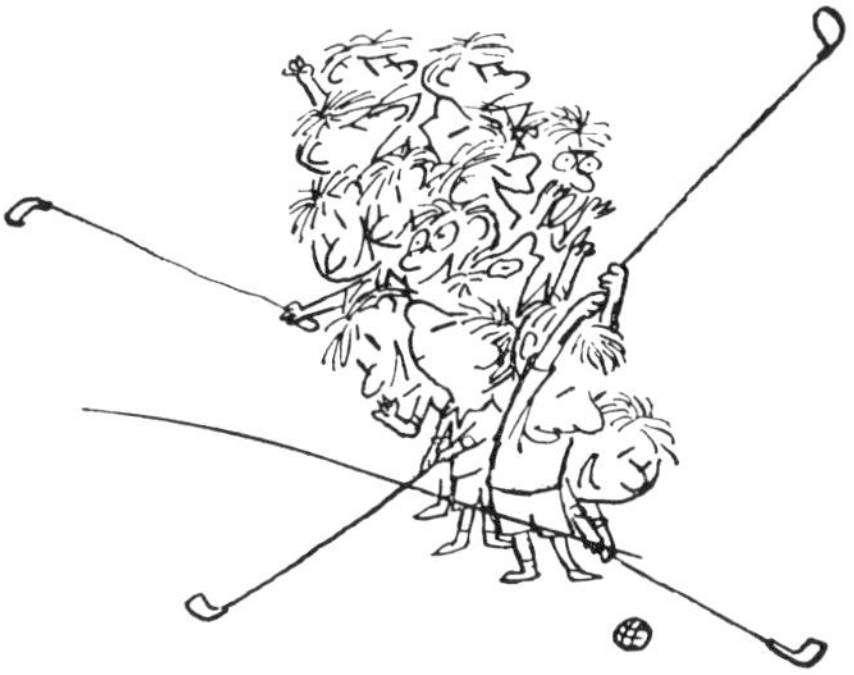

が言《い》ったけど、ぼくは反対《はんたい》だった。だって、ニコラって、アルファベット順《じゅん》だとうんとうしろなんだ。学校《がっこう》でなら都合《つごう》がいいんだけど、ミニゴルフ場《じょう》じゃあんまりよくないんだ。

そこへミニゴルフ場《じょう》のおじさんがやってきて、パパに、プレーを待《ま》っているお客《きゃく》さんがほかにもいるから、早《はや》くはじめるように、と言《い》った。

「いちばんいい子《こ》にしてるから、マメールからやりなさい」

と、パパが言《い》った。

それでマメールが、ボールをパターで思《おも》いきりひっぱたいた。ボールは空中《くうちゅう》をすっとんで、柵《さく》のはるか上《うえ》をこえ、道路《どうろ》にとめてあった車《くるま》にぶつかった。マメールは泣《な》き出《だ》し、パパはボールをさがしに行《い》った。

パパは、なかなかもどってこなかった。というのは、とまっていた車《くるま》にはおじさんがのっていて、そのおじさんが車《くるま》から出《で》てくると、身《み》ぶり手《て》ぶりをまじえてパパと言《い》いあらそいをはじめたからだ。おじさんとパパを見《み》ようと、やじうまが集《あつ》まってきて、おもしろがっていた。

ぼくらはプレーをつづけようとしたけど、マメールがコースの上《うえ》にすわりこんで、泣《な》いていたんだ。マメールは、ボールを返《かえ》してくれなきゃ、ここをうごかない、みんないじわるだ、と言《い》っていた。

そこへパパが、マメールのボールをもって帰《かえ》ってきたけど、パパは腹《はら》を立《た》てているようすだった。

「もうすこし気《き》をつけてやりなさい」と、パパが言《い》った。

「うん、わかった」と、マメールが言《い》った。「ボールをちょうだい」

でもパパは、マメールにボールをわたしたくなかったので、マメールに、またやったら、もう今日《きょう》はこれきりだよと言《い》ったけど、これがマメールには気《き》に入《い》らなかったんだ。マメールはそこらじゅうドタバタ足《あし》でふみつけて、みんなぼくをばかにしてる、と泣《な》きはじめた。ばかにしてるのはほんとうだったから、マメールはとうとう、マメールのパパをよびに行《い》った。

「じゃ、こんどはぼくの番《ばん》だね」と、イレネが言《い》うと、

「ちがうちがう」と、フリュクチューが出《で》てきた。「ぼくがプレーする番《ばん》だ」

それでイレネは、パターの先《さき》でフリュクチューの頭《あたま》をコツンとやり、フリュクチューは、イレネの顔《かお》にパンチを入《い》れた。

するとミニゴルフ場《じょう》のおじさんがとんできて、

「ちょっと、あんた」と、ぼくのパパに言《い》った。「そうぞうしい子《こ》どもたちを、ここからつれ出《だ》してくれませんか。順番《じゅんばん》を待《ま》ってる人《ひと》がたくさんいるんだから」

「そりゃないだろう」と、パパが言《い》った。「この子《こ》たちだって、お金《かね》をはらっているんだ。プレーをつづけさせるよ!」

「すごいぞ!」と、ファブリスがパパに言《い》った。「どんどん言《い》ってやってよ!」

ぼくの友《とも》だちは、みんなパパの味方《みかた》についた。ただし、フリュクチューとイレネはべつ

だった。フリュクチューとイレネは、パターとパンチで勝負《しょうぶ》をしてたんだ。

「やれやれ、心配《しんぱい》していたとおりになった」と、ミニゴルフ場《じょう》のおじさんが言《い》った。「おまわりさんをよぶよ」

「どうぞどうぞ」と、パパがやり返《かえ》した。「どっちが正《ただ》しいか、決《き》めてもらおう」

そこでおじさんは、道路《どうろ》にいたおまわりさんをよんだ。

おじさんが、「リュシアン」と声《こえ》をかけると、おまわりさんがやってきた。

「どうしたんだい、エルネスト？」と、おまわりさんはミニゴルフ場《じょう》のおじさんにきいた。

「この人《ひと》がね」と、ミニゴルフ場《じょう》のおじさんが答《こた》えた。「ほかの人《ひと》たちのプレーのじゃまをするんだよ」

「そうだ」と、ひとりのおじさんが言《い》った。「最初《さいしょ》のホールをプレーするのに、もう三十分《ぷん》も待《ま》たされとる！」

「あんたの歳《とし》なら」と、パパがそのおじさんにやり返《かえ》した。「もっとほかに、おもしろいことができるんじゃないのかい？」

「なんだって?」と、ミニゴルフ場《じょう》のおじさんが言《い》った。「ミニゴルフがあんたの気《き》に入《い》らないからといって、ほかの人《ひと》のじゃまでしてもらいたくないね!」

「ところで」と、おまわりさんが言《い》った。「さっき男《おとこ》の人《ひと》が苦情《くじょう》を言《い》いにきたが、なんでもミニゴルフのボールが彼《かれ》の車《くるま》のボディをへこましたとか」

「どうなんだ、この一番《ばん》ホールでプレーできるのか、できないのか?」と、時間待《じかんま》ちしているおじさんが言《い》った。

そこへ、マメールがマメールのパパをつれてやってきた。

「あの人《ひと》だよ！」と、マメールはぼくのパパを指《ゆび》さしながら言《い》った。

「なるほど」と、マメールのパパが言《い》った。「あんたですか、むすこが友《とも》だちと遊《あそ》ぶのをじゃまするのは？」

するとパパはどなりはじめた。ミニゴルフ場《じょう》のおじさんもどなりはじめた。だれもかれもが大声《おおごえ》を出《だ》したので、おまわりさんがホイッスルを吹《ふ》き、けっきょくパパは、ぼくら全《ぜん》員《いん》をミニゴルフ場《じょう》の外《そと》へつれ出《だ》した。

コームはざんねんがっていた。というのは、コームの話《はなし》だと、コームはだれも見《み》てなかったときに、最初《さいしょ》のホールに一発《いっぱつ》で入《い》れたと言《い》うんだ。でも、ぼくのにらんだところじゃ、それはコームのはったりだな。

ミニゴルフではみんな大《おお》いに楽《たの》しんだので、あしたまた、こんどは二番《ばん》ホールをやることに決《き》めた。

だけど、まだどうなるかわからないんだ。だって、パパがぼくらといっしょにミニゴルフに行《い》ってくれるかどうか、はっきりしないからね。

ニコラのパパは、

もう二度《ど》とミニゴルフをやるつもりはなかった。

ニコラのパパは、ボー・リヴァージュ・ホテルの

煮《に》こみ料理《りょうり》とおなじくらい、

ミニゴルフがきらいになってしまった。

ニコラのママは、

煮《に》こみ料理《りょうり》ぐらいで大騒《おおさわ》ぎをおこさないで、と言《い》った。

するとパパは、ホテルと名《な》のつくものがあんなものを

客《きゃく》に出《だ》すことこそ恥《は》ずべきことだ、と答《こた》えた。

そう言《い》ってみたところで、なんの解決《かいけつ》にもならなかった。

あいにくなことに、またまた、雨《あめ》が降《ふ》りはじめたので……。

On a joué, à la marchande !

女《おんな》の子《こ》と
お店屋《みせや》さんごっこ

女《おんな》の子《こ》なんて、うんざりだよ。遊《あそ》びもろくにできないし、しょっちゅう泣《な》くし、それでもめごとがおこるんだもの。

だけど、このホテルには女《おんな》の子《こ》が三人《にん》いるんだ。

三人《にん》の女《おんな》の子《こ》の名《な》まえは、イザベルとミシュリーヌとジゼル。ジゼルは、ぼくの友《とも》だちのファブリスのねえさんで、ふたりはいつもけんかしてる。ファブリスが言《い》うには、女《おんな》の子《こ》をねえさんにするなんて、とてもばかばかしくて、もしいつまでもそうなら家《いえ》を出《で》て行《い》くつもりなんだって。

天気《てんき》がいいときには、ぼくらは浜《はま》べに出《で》るから、女《おんな》の子《こ》たちがぼくらのじゃまになることはない。女《おんな》の子《こ》たちは、つまらない遊《あそ》びをしているんだ。砂遊《すなあそ》びだの、お話《はなし》だの、それに、えんぴつでつめを赤《あか》くぬったり。

ぼくらは仲間《なかま》と、もっとすごいことをする。かけっこや水切《みずき》りやサッカー、それに泳《およ》いだり、けんかもする。こっちのほうがうんとおもしろい。

でも天気《てんき》がわるいときは、みんないっしょにホテルにのこらないといけないから、話《はなし》がちがってくる。きのうは天気《てんき》がわるく、一日《にち》じゅう雨《あめ》が降《ふ》っていた。昼《ひる》ごはんにラビオリを食《た》べたけど、ラビオリは煮《に》こみ料理《りょうり》よりずっとおいしかった。

ぼくらのパパやママたちはお昼寝《ひるね》に行《い》ったので、ブレーズとフリュクチューとマメール、それにイレネとファブリスとコーム、みんなホテルの友《とも》だちだけど、ぼくらはサロンに集《あつ》まり、音《おと》を立《た》てないようにしてトランプで遊《あそ》んでいた。雨《あめ》が降《ふ》るとパパやママたちのごきげんがわるくなるから、ぼくらはふざけたりしなかった。そして、このバカンスのあいだ、ママやパパたちのごきげんがわるくなるのはしょっちゅうだったんだ。

すると、三人《にん》の女《おんな》の子《こ》がサロンへ入《はい》ってきた。

「あんたたちといっしょに遊《あそ》びたいんだけど」と、ジゼルが言《い》った。

「ぼくらにかまうなよ。さもないと、おしりをぶつぞ、ゼゼール(ジゼルの愛称《あいしょう》)！」と、ファブリスが言《い》った。これがジゼルには気《き》に入《い》らなかった。

「もしあんたたちと遊《あそ》べないっていうのなら、あたしがどうすると思《おも》う、ファーファ(ファブリスの愛称《あいしょう》)？」と、ジゼルが言《い》った。「パパとママに、言《い》いつけてやるからね。そしたら、あんたもあんたの友《とも》だちも、みんな罰《ばつ》をうけるわ。デザートをもらえなくなりますからね」

「わかったよ」と、マメールが言《い》った。ほんとにマメールってまぬけなんだ！「いっしょに遊《あそ》んでやるよ」

「おいこら、かってに決《き》めるなよ」と、ファブリスが言《い》うと、マメールは泣《な》きはじめ、ぼくは罰《ばつ》をうけたくない、こんなことは不公平《ふこうへい》だ、もしデザートが出《で》なかったら自殺《じさつ》してやる、と言《い》った。

ぼくらはちょっとあわてた。なぜって、マメールの大《おお》さわぎのせいで、パパやママたちが目《め》をさますかもしれないからだ。

「どうする？」と、ぼくはイレネにきいた。

「しかたないな」と、イレネが答《こた》えたので、ぼくらは女《おんな》の子《こ》たちといっしょに遊《あそ》ぶことに決《き》めた。

「なにをして遊《あそ》ぶ？」と、ミシュリーヌがきいた。ミシュリーヌはおでぶさんなので、ぼくの学校《がっこう》の友《とも》だちでいつもなにか食《た》べてるアルセストを思《おも》い出《だ》させるんだ。

「お店屋《みせや》さんごっこをしましょうよ」と、イザベルが言《い》った。

「きみって、ちょっとおかしいんじゃないかい？」と、ファブリスが言《い》った。

「およしなさい、ファーファア」と、ジゼルが言《い》った。「パパをおこしてくるわよ。おこされたばかりのとき、パパがどんなだか、あんたもよく知《し》ってるでしょ！」

するとマメールが泣《な》きはじめ、お店屋《みせや》さんごっこをやるよ、

と言《い》い、ブレーズが、お店屋《みせや》さんごっこをやるくらいならファブリスのパパをおこしてくる、と言《い》った。だけどフリュクチューが、今夜《こんや》のデザートはチョコレート・アイスクリームだと思《おも》うと言《い》ったので、それでみんな、お店屋《みせや》さんごっこにさんせいした。
ジゼルは、サロンのテーブルのうしろに立《た》って、テーブルの上《うえ》にトランプや灰皿《はいざら》をおき、あたしがお店《みせ》の売《う》り子《こ》よ、と言《い》った。このテーブルがカウンターで、テーブルの上《うえ》にあるものはジゼルが売《う》っている品物《しなもの》なんだ。ぼくらは、その品物《しなもの》を買《か》ったりしないといけないんだ。
「それじゃ、あたしは」と、ミシュリーヌが言《い》った。「とても美人《びじん》でお金持《かねも》ちのおくさまになるわ。あたしは車《くるま》と、毛皮《けがわ》をたくさんもってるの」
「それなら、あたしは」と、イザベルも言《い》った。「もっと美人《びじん》でお金《かね》持《も》ちの、べつのおくさまになるわ。ジャン・ジャックおじさんのもっているような赤《あか》いシートの車《くるま》と、ハイヒールをいくつも、もってるの」

「それじゃコーム、あんたがミシュリーヌのだんなさまになって」と、ジゼルが言《い》った。

「いやだよ」と、コームが言《い》った。

「どうしてなのよ」と、ミシュリーヌ。

「コームは、あんたがふとりすぎだと思《おも》っているのよ、そういうわけ」と、

イザベルが言《い》った。「コームは、あたしのだんなさまになりたいのよ」
「そんなのうそよ！」とミシュリーヌは言《い》って、コームの顔《かお》をパチンとたたいたので、マメールが泣《な》きはじめた。ママメールをだまらせるために、コームは、ぼくはだれのだんなさまでもいい、と言《い》った。
「いいわ」と、ジゼルが言《い》った。「それじゃ、お店屋《みせや》さんごっこをはじめましょう。ねえ、ニコラ、あんたが最初《さいしょ》のお客《きゃく》さまになって。あんたはとってもびんぼうで、食《た》べものを買《か》

うお金《かね》がないの。でも、あたしはとっても親切《しんせつ》だから、あんたにはうんとおまけしてあげるわ」

「あたし、遊《あそ》ばない」と、ミシュリーヌが言《い》った。「イザベルがあたしにあんなことを言《い》ったから、あたしもう、ぜったいだれとも話《はな》さない」

「おや、まあまあ！　おじょうさまが、お高《たか》くとまっちゃって」と、イザベルが言《い》った。

「あたしがここにいないとき、あんたがあたしのことをジゼルになんと言《い》ったか、あたしが知《し》らないとでも思《おも》ってるの？」

「まあ！　このうそつき！」と、ミシュリーヌがさけんだ。「あんただって、ジゼルのことをあたしにはなんと言《い》ったかしら？」

「イザベル、あんた、あたしのことをミシュリーヌになんて言《い》ったの？」と、ジゼルがきいた。

「なんにも。ミシュリーヌにあんたのことなんか、なんにも言《い》ってないわ。ほんとうよ」と、イザベルが言《い》った。

「あんたって、あつかましいわね」と、ミシュリーヌが大声《おおごえ》で言《い》った。「あんたは、あのショーウィンドウの前《まえ》で、あたしに言《い》ったじゃない。ほら、あたしに似合《にあ》いそうな、小《ちい》さなピンクの花《はな》もようのついた黒《くろ》い水着《みずぎ》のあるお店《みせ》の前《まえ》でよ」

「うそよ」と、イザベルがさけんだ。「ジゼルはあたしに、あんたが砂浜《すなはま》であたしのことをなんと言《い》ったか話《はな》してくれたわ」

「ねえ、ちょっときみたち」と、ファブリスが言《い》った。「お店屋《みせや》さんごっこ、するの、しないの？」

するとミシュリーヌはファブリスに、関係《かんけい》ない人《ひと》は口《くち》を出《だ》さないで、と言《い》って、ファブリスの顔《かお》をつめでひっかいた。

「あたしの弟《おとうと》になにをするのよ！」と、ジゼルが言《い》った。そしてミシュリーヌの編《あ》んだ髪《かみ》をひっぱったので、ミシュリーヌはわめきはじめ、ジゼルの顔《かお》をパチンとなぐった。これにはファブリスも大笑《おおわら》いしたけど、またマメールが泣《な》きはじめ、女《おんな》の子《こ》たちも大《おお》さわぎをしたので、とうとうパパやママたちがぞろぞろとサロンに下《お》りてきて、いったいどうしたのかときいた。

「あたしたちがお店屋《みせや》さんごっこをして、しずかに遊《あそ》んでいたら、男《おとこ》の子《こ》たちがじゃまをしたの」と、イザベルが言《い》った。

それでぼくら男《おとこ》の子《こ》はみんな、デザートぬきになった。

フリュクチューの言《い》ったことはあたっていた。その晩《ばん》のデザートは、チョコレート・アイスクリームだったんだよ。

さんさんと照《て》る太陽《たいよう》がもどり、バカンスさいごの日《ひ》がきた。

ホテルでの友《とも》だちにさよならを言《い》って荷物《にもつ》をまとめ、

汽車《きしゃ》にのらねばならない。

ボー・リヴァージュ・ホテルの支配人《しはいにん》はニコラのパパに、

旅《たび》のとちゅうで食《た》べるよう煮《に》こみ料理《りょうり》を

すこしおもちくださいと申《もう》し出《で》たが、

ニコラのパパは、これをきっぱりことわった。

しかし、それはパパの大失敗《だいしっぱい》だった。

というのも、こんどはゆでたまごが

クリ色《いろ》の大型《おおがた》トランクの中《なか》に入《はい》っており、

その大型《おおがた》トランクは貨物車《かもつしゃ》の中《なか》だったから。

On est rentrés

バカンスの終《お》わりはインゲンマメ

ぼくは家《いえ》に帰《かえ》れて、とてもうれしかった。だけど、ぼくがバカンスで知《し》り合《あ》った友《とも》だちはここにはいないし、学校《がっこう》の友《とも》だちはまだバカンスのさいちゅうなので、ぼくはひとりぼっちだった。こんなの不公平《ふこうへい》だと思《おも》って、ぼくは泣《な》き出《だ》してしまった。

「ああ、よしとくれ！」と、パパが言《い》った。「パパは、あしたから仕事《しごと》なんだ。きょうは、もうすこし休《やす》んでいたいんだよ。ニコラも、いい子にしてておくれ！」

「でもあなた」と、ママがパパに言《い》った。「坊《ぼう》やのことは、すこし大目《おおめ》に見《み》てやってくださいな。バカンスからもどったばかりの子《こ》どもがどんなものか、よくごぞんじでしょう」

それからママはぼくにキスをして、ぼくの顔《かお》の汗《あせ》をふき、鼻《はな》をかんでくれた。そしてぼくに、おとなしく遊《あそ》んでなさ

いと言《い》った。それでぼくもママに、そうしたいけど、なにをしたらいいかわからない、と言《い》った。

「だったら、インゲンマメの芽《め》を出《だ》させてみたらどう？」と、ママが言《い》った。ママはぼくに、それはとてもおもしろいことで、まず、インゲンマメをひとつぶとって、しめらせた脱脂綿《だっしめん》の上《うえ》におくと、やがて芽《め》が出《で》てくるのが見《み》え、それから葉《は》っぱがそろって、りっぱなインゲンマメになることを説明《せつめい》してくれた。そしてママは、パパがぼくにやり方《かた》を教《おし》えてくれるでしょうと言《い》うと、ぼくの部屋《へや》をかたづけに二階《かい》へ行《い》ってしまった。

客間《きゃくま》の長《なが》いすに寝《ね》ていたパパは、一《ひと》つ大《おお》きなためいきをつき、脱脂綿《だっしめん》をもっておいで、とぼくに言《い》った。ぼくは浴室《よくしつ》へ行《い》き、すぐに脱脂綿《だっしめん》を見《み》つけた。そのときパウダーを床《ゆか》にこぼしたけど、水《みず》をすこし流《なが》したらきれいになった。

それでぼくは客間《きゃくま》にもどり、パパに言《い》った。

「だっちめんだよ、パパ」

「ちがうよ、だっしめんだ、ニコラ」と、パパが教《おし》えてくれた。パパって、なんでも知《し》っ

CREMERIE MODERNE
BLANCHISSERIE
MODERNE

EPICERIE MODERNE

てるんだ。パパは、ぼくとおなじ歳《とし》のころにはクラスで一番《いちばん》だったし、クラスメートのりっぱなお手本《てほん》だったんだって。

「さて」と、パパがぼくに言《い》った。「こんどはキッチンへ行《い》って、インゲンマメをひとつぶさがしておいで」

キッチンへ行《い》ったけど、インゲンマメが見《み》つからない。それどころか、お菓子《かし》も見《み》あたらなかった。バカンスに出《で》かける前《まえ》に、ママが、みんなからっぽにして行《い》ったからだ。でもカマンベールチーズがひときれ戸棚《とだな》にのこっていて、バカンスから帰《かえ》ってきたとき、こいつのにおいのせいで、すぐにキッチンの窓《まど》をあけなくちゃならなかったんだ。

客間《きゃくま》にもどって、インゲンマメはなかったと言《い》うと、パパはぼくに、「そりゃ、ざんねんだな」と言《い》ったきり新聞《しんぶん》を読《よ》みはじめたので、ぼくは泣《な》きながら、大声《おおごえ》で言《い》った。

「ぼくはインゲンマメの芽《め》を出《だ》させたい！　ぼくはインゲンマメの芽《め》を出《だ》させたい！　ぼくはインゲンマメの芽《め》を出《だ》させたい！」

「ニコラ」と、パパがぼくに言《い》った。「おしりをぶたれたいのかい」

こんなのって、ひどいじゃないか！　ママはぼくにインゲンマメの芽《め》を出《だ》させなさいと言《い》ったのに、インゲンマメがないからって、どうしてぼくが罰《ばつ》をうけるんだ！

ぼくが本気《ほんき》で泣《な》きはじめたら、ママがやってきた。ぼくがママにわけを話《はな》すと、ママは言《い》った。

「かどの食料品屋《しょくりょうひんや》さんへ行《い》って、インゲンマメを一《ひと》つ、もらってくるといいわ」

「それがいい」と、パパが言《い》った。「ゆっくり行《い》っておいで」

ぼくはコンパニさんのお店《みせ》に行《い》った。コンパニさんは、かどの食料品屋《しょくりょうひんや》さんで、とってもいい人《ひと》なんだ。だって、ぼくが行《い》くと、ときどきビスケットをくれるんだもの。でも、その日《ひ》はなにもくれなかった。なぜって、お店《みせ》がしまっていたからで、はり紙《がみ》に、〈バカンスのため休業《きゅうぎょう》〉と書《か》いてあった。

ぼくが走《はし》って家《いえ》にもどると、パパはやっぱり長《なが》いすの上《うえ》にいたけど、もう新聞《しんぶん》を読《よ》んではいなかった。新聞《しんぶん》はパパの顔《かお》の上《うえ》にのっかっていたんだ。

「コンパニさんのお店《みせ》はお休《やす》みだよ」と、ぼくは大声《おおごえ》で言《い》った。「ねえ、インゲンマメがないんだよ！」

パパは、ガバッととびおきた。

「え？　なにが？　どうしたって？」とパパがきいたので、ぼくはもう一度説明《どせつめい》しなければならなかった。パパは片手《かたて》で顔《かお》をなで、いくつも大《おお》きなためいきをつき、どうにもならないな、と言《い》った。

「じゃ、ぼくはだっちめんの上《うえ》で、なんの芽《め》を出《だ》させたらいいの？」と、ぼくがきいた。

「だっちめんじゃない、だっしめんだよ」と、パパがぼくに言《い》った。

「そんなの、どっちでもいいやい」と、ぼくはやり返《かえ》した。

「ニコラ」と、パパがこわい声《こえ》で言《い》った。「もうたくさんだ！　自分《じぶん》の部屋《へや》へ行《い》って遊《あそ》びなさい！」

ぼくは泣《な》きながら、二階《かい》のぼくの部屋《へや》に行《い》った。ママがぼくの部屋《へや》でかたづけものをしていた。

「だめよ、ニコラ、ここには入《はい》らないで」と、ママが言《い》った。「下《した》で遊《あそ》びなさい。さっき教《おし》えてあげたのに、どうしてインゲンマメの発芽《はつが》をやらないの？」

客間《きゃくま》にもどるとぼくは、パパがどなり出《だ》す前《まえ》に、ママに下《した》へ行《い》くように言《い》われたこと、もしぼくが泣《な》くのを聞《き》いたらママがおこるだろうことを、パパに言《い》った。

「そうか」と、パパは言《い》った。「それなら、おとなしくしておいで」

「どこへ行《い》ったら芽《め》を出《だ》させるチンゲンマメが見《み》つかるかな？」と、ぼくがきいた。

「チンゲンマメじゃない……」と言《い》いかけて、パパはぼくをじっと見《み》た。そして頭《あたま》をかきながら、「台所《だいどころ》へ行《い》ってレンズマメをさがしておいで。レンズマメは、インゲンマメのかわりになるから」と言《い》った。

レンズマメは台所《だいどころ》にあったので、ぼくはとてもうれしかった。それからパパは、脱脂綿《だっしめん》をどうやってぬらすか、どうやってレンズマメをぬれた脱脂綿《だっしめん》の上《うえ》にならべるか、教《おし》えてくれた。

「さてと」と、パパがぼくに言《い》った。「こんどはそれを受《う》け皿《ざら》の上《うえ》において、窓《まど》べにおくんだ。しばらくしたら芽《め》が出《で》て、葉《は》も出《で》てくるぞ」

それからパパは、長《なが》いすにもどって横《よこ》になった。

ぼくはパパの言《い》ったとおりにして、じっと待《ま》った。でもレンズマメから芽《め》が出《で》てくるのは見《み》えなかったので、失敗《しっぱい》したのかもしれないと思《おも》った。ぼくはパパに教《おし》えてもらおうと、パパのようすを見《み》に行《い》った。

「まだ、なにか用《よう》があるのかい？」と、パパが大《おお》きな声《こえ》で言《い》った。

「レンズマメから芽《め》が出《で》ないよ」と、ぼくは言《い》った。

「おしりをぶってほしいんだな？」とパパがさけんだので、ぼくはパパに、ぼくは家出《いえで》をする、ぼくはとても不幸《ふこう》だ、みんなはもう二度《ど》とぼくに会《あ》えないし、ぼくがいなくなればさびしくなるんだ、レンズマメの芽《め》が出《で》るなんて、うそっぱちだ、と言《い》った。

そこへママが、走《はし》りながら客間《きゃくま》に入《はい》ってきた。

「あなたは坊《ぼう》やと、もうすこし根気《こんき》よく遊《あそ》んでやれないの？」と、ママがパパに言《い》った。

「わたしには家《いえ》のかたづけがあるから、この子《こ》にかまってやるひまがないのよ」

「男《おとこ》は自分《じぶん》の家《いえ》でゆっくり休《やす》む権利《けんり》があるはずだと思《おも》うがね！」と、パパが言《い》った。

「ああ、かわいそうなわたしのママが言《い》ったとおりだわ」と、ママが言《い》った。

「かわいそうでもなんでもない、きみのママを、この話《はなし》にもち出《だ》さないでくれ！」と、パパが大声《おおごえ》で言《い》った。

「まあ」と、ママが言《い》った。「いまあなたは、わたしのママを侮辱《ぶじょく》したのよ！」

「わたしがきみのママを侮辱《ぶじょく》しただって？」とパパがどなったら、ママが泣《な》き出《だ》した。

パパは大声《おおごえ》でどなりながら客間《きゃくま》の中《なか》を歩《ある》きまわり、ぼくは、もしすぐにレンズマメの芽《め》を出《だ》させてくれないなら、自殺《じさつ》してやると言《い》ったんだ。するとママが、ぼくのおしりをぶった。

パパとママって、バカンスから帰《かえ》ったばかりのときは、手《て》におえないんだよ！

前《まえ》の年《とし》よりいっそう勉強《べんきょう》にはげんだ一年《いちねん》がすぎた。
終業式《しゅうぎょうしき》がおわり、ニコラ、アルセスト、リュフュス、
ウード、ジョフロワ、メクサン、ジョアキム、クロテール、
そしてアニャンがちりぢりになったときには、
いくぶんさびしさがあった。
けれども、バカンスは目《め》の前《まえ》なのだから、
小学生《しょうがくせい》たちの若《わか》い心《こころ》によろこびがもどるのは早《はや》かった。

ところがニコラは、不安《ふあん》がいっぱいだった。
というのも、ニコラの家《いえ》ではパパもママも、
バカンスの話《はなし》をしないのだ……。

Il faut être raisonnable

ききわけのいい子《こ》になったけど

ふしぎでふしぎでしかたがないんだけど、家《いえ》ではまだバカンスの話《はなし》が出《で》ないんだ。いままでだったら、パパがどこそこへ行《い》きたいと言《い》うとママはべつのところがいいと言《い》って、大《おお》さわぎになり、パパとママは、こんなことなら家《いえ》にいるほうがいいと言《い》うので、ぼくが泣《な》き出《だ》し、それでけっきょくママの行《い》きたいところに行《い》くことになるんだけど、今年《ことし》はなんの話《はなし》も出《で》ないんだ。

それなのに、学校《がっこう》の友《とも》だちはみんな、出発《しゅっぱつ》の準備《じゅんび》をしている。ジョフロワは、大金持《おおがねも》ちのパパが海《うみ》べにもっている大《おお》きな別荘《べっそう》でバカンスをすごすんだって。ジョフロワの話《はなし》では、そこにはジョフロワだけの浜《はま》べがあり、その海岸《かいがん》ではほかのだれも砂遊《すなあそ》びをする権利《けんり》がないんだってさ。でも、たぶんこいつは、出《で》まかせだと思《おも》う。だって、ジョフロワ

※ぼくのママ　ぼくのママ!!

って大《おお》うそつきなんだもの。

先生《せんせい》のお気《き》に入《い》りで成績《せいせき》がクラスで一番《いちばん》のアニャンは、イギリスの学校《がっこう》でバカンスをすごすんだ。そこでは、英語《えいご》を話《はな》せるように教《おし》えてくれるんだって。どうかしているんだよ、アニャンは。

アルセストはトリュフを食《た》べにペリゴールへ行《い》くんだ。アルセストのパパの友《とも》だちが、ペリゴールで、ブタ肉屋《にくや》さんをやっているんだって。みんなこんなぐあいなんだ。海《うみ》に行《い》ったり、山《やま》に行《い》ったり、いなかのメメのところへ行《い》ったり。どこに行《い》くのかまだきまってないのは、ぼくだけだ。こんなの、こまるんだよ。だって、夏休《なつやす》みでぼくがいちばんすきなことの一《ひと》つは、出《で》かける前《まえ》や帰《かえ》ったあとでバカンスのことを友《とも》だちに話《はな》すことなんだから。

※ ぼくのパパ！　パパはどこ？

だから今日《きょう》、家《いえ》に帰《かえ》ると、ぼくはママに、バカンスはどこに行《い》くのってきいたんだ。ママはちょっとこまった顔《かお》で、ぼくの頭《あたま》にキスしてから、

「パパがお帰《かえ》りになったら、みんなでそのことをお話《はな》ししましょう。だから、いまは庭《にわ》で遊《あそ》んでらっしゃい」と言《い》った。

それでぼくは庭《にわ》に出《で》て、パパが帰《かえ》るのを待《ま》った。パパが会社《かいしゃ》から帰《かえ》ると、ぼくはパパのほうへかけて行《い》った。パパはぼくをだき上《あ》げて、〈高《たか》い高《たか》い〉をしてくれた。

ぼくがパパに、バカンスはどこへ行《い》くのときいたら、パパは笑《わら》うのをやめ、ぼくを下《お》ろした。そのことは家《いえ》の中《なか》で話《はな》そう、とパパが言《い》った。

中《なか》に入《はい》ると、ママが客間《きゃくま》のいすにすわっていた。

「とうとう話《はなし》をしなくちゃならないようだね」と、パパが言《い》った。

※ぼくのママ　ぼくのママ!!

「ええ」と、ママが言《い》った。

「それじゃいよいよ話《はな》さなくちゃならないね」と、パパ。

「どうぞ、話《はな》してやって」と、ママ。

「わたしがかい？」と、パパがきいた。「きみが話《はな》してくれないかな」

「わたしが？　話《はな》すのはあなたのほうよ」と、ママが言《い》った。「あなたが考《かんが》えたことなんですから」

「それはそうだけど」と、パパが言《い》った。「でもね、きみも、わたしの考《かんが》えにさんせいしたじゃないか。きみにだって、この子《こ》にとっても、わたしたちにとっても、それがいちばんいいことだと言《い》ったじゃないか。きみにだって、この子《こ》に話《はな》す責任《せきにん》があると思《おも》うがね」

「ねえねえ」と、ぼくが言《い》った。「バカンスのことを話《はな》してくれるの、それとも話《はな》してくれないの？　友《とも》だちはみんな、もう出《で》かけるんだ。もしぼくが、どこでどんなふうにバカンスをすごすのかみんなに話《はな》すことができないと、ぼくは笑《わら》われてしまうよ！」

するとパパは、ひじかけいすにこしかけて、両手《りょうて》にぼくをだき、ひざの前《まえ》にひきよせた。

「ニコラは、ききわけのいいおにいちゃんだよね?」と、パパがきいた。

「ええ! そうですとも」と、ママが答《こた》えた。「この子《こ》は、もう一人前《いちにんまえ》のおとななんですよ!」

だれかに、おにいちゃんとよばれるのは、ぼくはあんまりすきじゃない。だって、そんなふうによばれると、いつもぼくは、やりたくないことをやらされてしまうんだから。

「おにいちゃんは、海《うみ》に行《い》けたら大《おお》よろこびだろうね!」と、パパが言《い》った。

「うん、行《い》きたい」と、ぼく。

「海《うみ》へ行《い》って、泳《およ》いだり魚《さかな》をつったり、浜《はま》べで遊《あそ》んだり、林《はやし》の中《なか》を散歩《さんぽ》するんだよ」と、パパが言《い》った。

「林《はやし》があるの? じゃ、どこなの?」と、ぼくがきいた。「それだと去年《きょねん》とおなじところじゃないよね?」

「ねえ、あなた」と、ママがパパに言《い》った。「わたしには言《い》えないわ。これがほんとうにいい考《かんが》えなのかどうか、まよっているの。やっぱりやめたほうがいいんじゃないかしら。

たぶん、来年《らいねん》なら……」

「そりゃまずいよ！」と、パパが言《い》った。「一度決《どき》めたことは実行《じっこう》しないといけない。さあ、もうすこし、勇気《ゆうき》を出《だ》して！　それに、ニコラはとてもききわけがいいんだから。そうだろ、ニコラ？」

ぼくは、はい、うんとききわけをよくする、と言《い》った。海《うみ》や浜《はま》べは大《だい》すきだから、ぼくは大満足《だいまんぞく》だったんだ。林《はやし》の中《なか》の散歩《さんぽ》はそれほどでもないけど、かくれんぼだけはべつだよ。林《はやし》の中《なか》のかくれんぼって、ものすごくおもしろいんだ。

「またホテルにとまるの？」と、ぼくがきいた。

「そうじゃない」と、パパが言《い》った。「おまえは、テントに寝《ね》ることになるだろう。テントって、すごいだろ、ね……」

それを聞《き》いて、ぼくはますますうれしくなった。

「ドロテおばさんがくれた本《ほん》の中《なか》に出《で》てくる、ネイティブ・アメリカンみたいに、テントに寝《ね》るの？」

「そうだよ」と、パパ。

「やったあ！」と、ぼくはさけんだ。「テントを張《は》ったり食事《しょくじ》のために火《ひ》をおこしたりするのを手《て》つだうんだね？　ママにでっかいお魚《さかな》をとってあげるためにスピアフィッシングを教《おし》えてくれるよね？　わあい、うれしいな、うれしいな、うれしいな！」

パパは、ハンカチで顔《かお》の汗《あせ》をふいた。とても暑《あつ》そうだった。

「ニコラ」と、パパが言《い》った。「男《おとこ》と男《おとこ》の話《はなし》があるんだがね。いいかい、ききわけを、うんとよくするんだぞ」

「ほんとにいい子《こ》にして、おにいちゃんらしくしてくれたら」と、ママが言《い》った。「今夜《こんや》は、デザートにタルトを作《つく》ってあげるわ」

「わたしは、前《まえ》から直《なお》してほしいとたのまれていた自転車《じてんしゃ》を、修理《しゅうり》してあげよう」と、パパが言《い》った。「それで、話《はなし》というのは……これから言《い》うことをよくお聞《き》き……」

「わたしはキッチンに行《い》ってるわ」と、ママ。

「だめだよ！　ここにいておくれ！」と、パパが言《い》った。「ふたりで話《はな》すと約束《やくそく》してたじやないか。」

パパは、のどのおくですこしせきばらいをし、両手《りょうて》をぼくの肩《かた》において、言《い》った。

「ニコラ、あのね、坊《ぼう》や、パパとママはおまえといっしょにバカンスに行《い》かないんだ。おまえは、おとなのように、ひとりでバカンスに出《で》かけるんだよ」

「どうして、ぼくひとりなのさ?」と、ぼくがきいた。「パパとママは、出《で》かけないの?」

「ニコラ」と、パパが言《い》った。「いいね、よくききわけるんだよ。ママとパパは、ちょっとした旅行《りょこう》に出《で》るつもりなんだ。パパとママは、この旅行《りょこう》はおまえにはおもしろくないだろうと考《かんが》えたので、おまえを臨海学校《りんかいがっこう》へやることに決《き》めたんだ。それがおまえには、いちばんいいだろうと思《おも》ってね。おなじ年《とし》ごろの子《こ》どもたちといっしょに遊《あそ》ぶほうが、おまえもうんと楽《たの》しいだろうから……」

「もちろん、パパやママとべつべつになるのは、これがはじめてなんだけど、ニコラ、でもこれはあなたにとっていいことなのよ」と、ママが言《い》った。

「さて、ニコラ、おにいちゃん……おまえはどう思《おも》う?」と、パパがぼくにきいた。

「最高《さいこう》だよ！」と、ぼくはさけんで、客間《きゃくま》の中《なか》をおどりはじめた。だってほんとうだよ、臨海学校《りんかいがっこう》って、とてもおもしろいらしいんだ。友《とも》だちがたくさんできるし、散歩《さんぽ》をしたりゲームをしたり、大《おお》きなたき火《び》のまわりで歌《うた》をうたったりするんだ。

ぼくはとってもうれしかったので、パパとママにキスをした。

デザートのタルトはとてもおいしかったし、パパとママがタルトを食《た》べなかったので、ぼくはいくつもおかわりをした。パパとママは目《め》をお皿《さら》のようにまるくして、ぼくをじろじろ見《み》るんだ。そして、なんだかすこしおこったような顔《かお》をしていた。

そこのところは、ぼくにはよくわからないけど、でも、ぼくはききわけのいい子《こ》だったと思《おも》うんだけどな……。

ニコラのおばあちゃんから十七回《かい》も電話《でんわ》がかかって、
そのたびに中断《ちゅうだん》したけど、
出発《しゅっぱつ》の準備《じゅんび》のほうは順調《じゅんちょう》にすすんだ。
でも、一《ひと》つだけおかしなできごとがある。
ニコラのママの目《め》から落《お》ちるものが、
一日《にち》じゅうとまらない。
いくら鼻《はな》をかんでもむだで、
もう手《て》のほどこしようもないほどだ……。

Le départ

出発《しゅっぱつ》ホームは人《ひと》、人《ひと》、人《ひと》……

きょうぼくは臨海学校《りんかいがっこう》に出発《しゅっぱつ》するので、とてもうれしいんだ。たった一《ひと》つの気《き》がかりは、パパとママがすこしさみしそうなことなんだけど、きっと、それは、パパとママがふたりきりでバカンスをすごすことになれてないからなんだよ。

ママが、ぼくのしたくを手《て》つだってくれた。荷物《にもつ》は、半《はん》そでシャツ、半《はん》ズボン、ズック、おもちゃの自動車《じどうしゃ》、水着《みずぎ》、タオル、模型《もけい》の電気機関車《でんききかんしゃ》、ゆでたまご、バナナ、ソーセージとチーズのサンドイッチ、小《こ》エビ用《よう》の網《あみ》、長《なが》そでのセーター、くつ下《した》、それにビー玉《だま》などだ。ぼくのスーツケースが小《ちい》さくて荷物《にもつ》が二《ふた》つになったけど、まあなんとかなるだろう。

ぼくは汽車《きしゃ》にのりおくれるのが心配《しんぱい》で、昼《ひる》ごはんがおわると、すぐ駅《えき》に出《で》かけたほうがよくはないかとパパにきいた。するとパパは、汽車《きしゃ》が出《で》るのは夕方《ゆうがた》の六時《じ》なんだから、まだすこし早《はや》すぎる、ニコラはパパやママとずいぶん早《はや》くわかれたがっているようだね、と言《い》った。ママは、目《め》になにかゴミが入《はい》ったようだわ、と言《い》いながら、ハンカチをもってキッチンに行《い》ってしまった。

パパとママはどうしちゃったんだろう。ぼくにはわからないけど、パパもママも、とても落《お》ちこんでるみたいだ。これからパパとママに一か月《げつ》も会《あ》えないと思《おも》うと、胸《むね》がつまるような感《かん》じがするんだけど、ぼくは、そのことをパパとママに言《い》うことができなかった。もしぼくがそんなことを言《い》ったら、パパとママはぜったいにぼくの気持《きも》ちを無視《むし》して、ぼくのことをしかったろうと思《おも》うんだ。

ぼくは、出発《しゅっぱつ》の時間《じかん》までなにをしたらいいのかわからなかった。それでスーツケースの底《そこ》に入《い》れておいたビー玉《だま》をとり出《だ》そうと、スーツケースの中《なか》みをみんな出《だ》したら、ママはすっかりごきげんがわるくなった。

「坊《ぼう》やはもう待《ま》ちきれないのよ」と、ママがパパに言《い》った。「もう出《だ》かけましょうか」

「でも」と、パパが言《い》った。「汽車《きしゃ》が出《だ》るまで、まだ一時間半《じかんはん》もある」

「いいじゃない！」と、ママが言《い》った。「早《はや》く行《い》けば、ホームもすいてるし、人《ひと》ごみも渋《じゅう》滞《たい》もさけられるから」

「じゃ、そうするか」と、パパ。

ぼくらは車《くるま》で出《で》かけたけど、スーツケースを一《ひと》つわすれたので、一度《ど》家《いえ》までとりにもどり、出発《しゅっぱつ》をもう一度《ど》やりなおすことになった。

駅《えき》につくと、みんなぼくたちより先《さき》にきていた。そこらじゅう、人《ひと》、人《ひと》、人《ひと》で、ワイワイガヤガヤ、とてもやかましかった。パパは、ママがもってると思《おも》いこんでて車《くるま》にわすれてきたスーツケースをとりに行《い》ったけど、車《くるま》をとめる場所《ばしょ》がなくて、駅《えき》からとても遠《とお》いところにとめてきたので、なかなかもどってこなかった。

駅《えき》の中《なか》に入《はい》ると、パパはぼくらに、まいごになるからはなれないように、と言《い》った。するとそこへ、まっかな顔《かお》に帽子《ぼうし》をななめにかぶって、制服《せいふく》を着《き》た、おもしろそうなおじさんがやってきた。

「あのう、すみません」と、パパがきいた。「十一番線《ばんせん》はどこですか？」

「十番線《ばんせん》と十二番線《ばんせん》のあいだですよ」と、おじさんが答《こた》えた。「たしか、この前《まえ》わしが通《とお》りかかったときは、そこにありましたがな」

「なんだって、あんたは……」と、パパが言《い》いかけると、ママが、腹《はら》を立《た》ててもけんかをしてもだめよ、十一番線《ばんせん》はわたしたちでさがしましょう、と言《い》った。

ぼくらは、プラットホームの前《まえ》にやってきた。どこもかしこも、人《ひと》、人《ひと》、人《ひと》なんだ。パパは、パパとママのために入場券《にゅうじょうけん》を三枚買《まいか》った。最初《さいしょ》ホームに入《はい》るのに二枚《まい》つかって、それから切符《きっぷ》の自動販売機《じどうはんばいき》の前《まえ》にわすれてきたスーツケースをとりにもどったときに買《か》いな

おした一枚《まい》。

「さてと」と、パパが言《い》った。「もうだいじょうぶだ。Y号車《イグレックごうしゃ》の前《まえ》に行《い》けばいいんだから」

ところが、プラットホームの入《い》り口《ぐち》にいちばんちかい車両《しゃりょう》はA号車《アーごうしゃ》だったので、ぼくらはうんと歩《ある》かなければならなかった。それに、大《おお》ぜいの人《ひと》や、スーツケースやバスケットをいっぱいつんだものすごい数《かず》の小《ちい》さな運搬車《うんぱんしゃ》のせいで、Y号車《イグレックごうしゃ》まで歩《ある》くのはかんたんじゃなかった。

とちゅう、ふとったおじさんの雨《あま》がさがぼくの小《こ》エビ用《よう》の網《あみ》にひっかかり、パパとおじさんが言《い》いあらそいをはじめたので、ママがパパの腕《うで》をひっぱったんだけど、そのはずみに、おじさんの雨《あま》がさが小《こ》エビ用《よう》の網《あみ》をひっかけたままホームに落《お》ちてしまった。でも、大《おお》ごとにならなかったのは、駅《えき》の騒音《そうおん》がひどくて、おじさんがどなったことばがぼくらには聞《き》きとれなかったからなんだ。

Y号車《イグレックごうしゃ》の前《まえ》には、ぼくとおなじ年《とし》ごろの子《こ》どもや、た

くさんのパパやママと、〈ブルー・キャンプ〉と書《か》いたプラカードをもったおじさんがいた。〈ブルー・キャンプ〉は、ぼくが行《い》く臨海学校《りんかいがっこう》の名《な》まえだ。だれもかれも、みんな大声《おおごえ》で話《はな》していた。プラカードのおじさんは手《て》に書類《しょるい》をもっていて、パパがおじさんにぼくの名《な》まえを言《い》うと、書類《しょるい》をしらべて、大《おお》きな声《こえ》で、

「レトゥフ！　あんたのグループに、またひとりきたぞ！」と言《い》った。

すると、十七歳《さい》ぐらいの背《せ》の高《たか》いおにいさんがやってきた。ちょうど、ぼくの友《とも》だちのウードのおにいさんとおなじくらいで、ウードはそのおにいさんにボクシングを教《おし》えてもらっている。

「こんにちは、ニコラ」と、おにいさんが言《い》った。「ぼくの名《な》まえはジェラール・レトゥフ、きみのグループのリーダーだよ。ぼくらのグループは、〈ウユ・ド・ランクス（オオヤマネコの目《め》）〉っていうんだ」

そしてレトゥフは、ぼくと握手《あくしゅ》をした。すごく感《かん》じのいい人《ひと》なんだ。

「ニコラをよろしくおねがいします」と、パパが笑《わら》いながら言《い》った。

「ご心配《しんぱい》なく」と、ぼくのリーダーが言《い》った。「帰《かえ》ってきたら、きっと見《み》ちがえるようになっていますよ」

するとママは、また目《め》になにか入《はい》ったので、ハンカチを出《だ》さなければならなかった。めがねのせいでアニャンにそっくりの小《ちい》さな男《おとこ》の子《こ》の手《て》をひいたおばさんが、ぼくのリーダーのところにやってきて、

「あなたが、子《こ》どもたちを監督《かんとく》する責任者《せきにんしゃ》のかたですか？」と、リーダーにきいた。

「そうです、おくさん」と、リーダーが答《こた》えた。「ぼくはインストラクターの免許《めんきょ》をもっていますし、なにもご心配《しんぱい》にはおよびません」

「あらまあ」と、おばさんが言《い》った。
「でも……あなたはどんなふうに食事《しょくじ》を作《つく》るつもり？」
「なんですって？」と、リーダーがきいた。
「あのね」と、おばさんが言《い》った。「あなたは料理《りょうり》にバターをつかうんですか、それともあぶら、それともラードなの？　というのも、いまここであなたにおことわりしておきたいのですけど、うちの子《こ》はラードがぜんぜんだめなんですの。それはもう、てきめんで、あなたがうちの子《こ》を病気《びょうき》にさせたいと思《おも》ったら、この子《こ》にラードをやってくださいな！」

※二等車《とうしゃ》　禁煙《きんえん》

「あのう、おくさん……」と、リーダーが言《い》った。

「それから」と、おばさんはつづけた。「食事《しょくじ》の前《まえ》にはかならず、この子《こ》にお薬《くすり》をのませてください。とは言《い》っても、くれぐれもラードをつかうのはやめてください。わざと病気《びょうき》にさせてから、薬《くすり》をのませることもないでしょうからね。それに、山登《やまのぼ》りのときは、この子《こ》がころばないようによく気《き》をつけてやってくださいな」

「山登《やまのぼ》りですか？」と、ぼくのリーダーがきいた。「どこの山《やま》にのぼるんです？」

「えっ、だって、あなたがたは山《やま》へ行《い》くのでしょう！」と、おばさん。

「山《やま》へですって？」と、リーダーが言《い》った。「ぼくらの行《い》くところに山《やま》はありません。ぼくらはプラージュ・レ・トルゥ（穴海岸《あなかいがん》）に行《い》くのですから」

「なんですって！　プラージュ・レ・トルゥですって？」と、おばさんがさけんだ。「わたしは、サパン・レ・ソメ（もみの木山《きやま》）へ行《い》くって聞《き》いてたのですけどね。いったいなんという団体《だんたい》なのかしらね！　でもよかったわ！　あなたは、このお仕事《しごと》には若《わか》すぎるようだから……」

「サパン・レ・ソメ行《い》きの汽車《きしゃ》は、四番《ばん》ホームですよ、おくさん」と、通《とお》りかかった制服《せいふく》のおじさんが言《い》った。「どうぞいそいでください、あと三分《ぷん》で発車《はっしゃ》ですから」

「あらまあ！　どうしましょう！」と、おばさんが言《い》った。「いろいろおねがいしたいのに、時間《じかん》がたりないわ！」

おばさんは、アニャンに似《に》た男《おとこ》の子《こ》をつれて走《はし》って行《い》った。

そのとき、すごいホイッスルの音《おと》がしたので、みんな大声《おおごえ》を出《だ》しながら車両《しゃりょう》にのりこんだ。すると、制服《せいふく》のおじさんがプラカードのおじさんのところへ行《い》って、そこらじゅうが大《おお》さわぎになるから、ホイッスルを吹《ふ》いて遊《あそ》んでいる子《こ》どもにばかなことをやめさせるように、と言《い》った。それでも、あわてて列車《れっしゃ》から下《お》りようとした人《ひと》たちがいて、列車《れっしゃ》にのろうとした子《こ》どもたちとぶつかって大《おお》さわぎになった。

パパやママたちが、わすれずに手紙《てがみ》を書《か》きなさいとか、寒《さむ》くないようにしなさいとか、いたずらをするんじゃないよとか、いろんなことをさけんでいた。中《なか》には泣《な》いている子《こ》もいたし、ホームでサッカーをして、しかられている子《こ》もいた。でも、こんなところでサッカーをするなんてあぶないよね。制服《せいふく》のおじさんがホイッスルを吹《ふ》いたけど、さわぎのせいで、だれの耳《みみ》にも聞《き》こえなかった。このおじさんはバカンスからもどってきたばかりなのか、顔《かお》がまっ黒《くろ》に日《ひ》やけしていた。それからみんながそれぞれのパパとママにキスをして、ぼくたちを海《うみ》につれて行《い》く汽車《きしゃ》が出発《しゅっぱつ》した。

窓《まど》から外《そと》を見《み》ると、ぼくのパパとママが見《み》えた。それに、ハンカチをふって〈さよなら〉をしている、みんなのパパとママたちも見《み》えた。

ぼくは、すこしつらかった。出《で》かけていくのはぼくたちなのに、パパやママたちのほうが、ぼくたちよりずっとくたびれたようすをしているのは、へんだったよ。ぼくはちょっと泣《な》きたくなったけど、がまんした。なぜって、バカンスは楽《たの》しむためにあるのだし、ここまではなにもかも、とてもうまく行《い》ってるんだから。

それから、ぼくがホームにわすれてきたスーツケースのことは、パパとママがきっとうまくやってくれると思《おも》う。つぎの汽車《きしゃ》で、ぼくのところへ送《おく》ってくれるはずだ。

上級生《じょうきゅうせい》のように、

ニコラはひとりで臨海学校《りんかいがっこう》に出発《しゅっぱつ》した。

駅《えき》のプラットホームのはしに、

すっかり小《ちい》さくなったパパとママのすがたを見《み》たとき、

さすがのニコラもちょっと弱気《よわき》なところを見《み》せたけれど、

ニコラのグループの集合合図《しゅうごうあいず》のいさましいかけ声《ごえ》を聞《き》けば、

ニコラは本来《ほんらい》の元気《げんき》をとりもどすだろう……。

Courage《クラージュ》！
合《あ》いことばは がんばろう《クラージュ》！

　目的地《もくてきち》まで、まるひと晩《ばん》かかるぼくらの汽車《きしゃ》の旅《たび》は、とても順調《じゅんちょう》だった。ぼくらの車室《しゃしつ》では、グループ・リーダーでとってもかっこいいジェラール・レトゥフがぼくらに、あしたの朝元気《あさげんき》にキャンプにつけるよう、おとなしく眠《ねむ》りなさい、と言《い》った。リーダーの言《い》うとおりだ。

　ところで、ぼくらは十二名《めい》ずつのグループにわけられ、それぞれのグループにグループ・リーダーがつくと説明《せつめい》されていた。ぼくらのグループの名《な》まえは〈ウユ・ド・ランクス（オオヤマネコの目《め》）〉で、リーダーはぼくらに、グループの合《あい》ことばは「がんばろう《クラージュ》！」だと教《おし》えてくれた。

　もちろん、ぼくらは、ぐっすり眠《ねむ》るなんてできなかった。パパとママのところに帰《かえ》りたいようと言《い》いながら、ずっと泣《な》く子《こ》がいた。するとべつの子《こ》がからかって、あいつは女《おんな》

LE CAMP
BLEU

みたいなやつだと言《い》った。すると泣《な》いてたやつが、からかったやつをパチンとたたき、ふたりとも泣《な》きはじめた。

リーダーがふたりに、もしいつまでも泣《な》いているようなら通路《つうろ》に立《た》ったまま旅《たび》をさせるぞと言《い》ったら、その子《こ》たちは、よけいにはげしく泣《な》き出《だ》した。そして、はじめに泣《な》いたやつがスーツケースから食《た》べものをとり出《だ》した。するとみんな、おなかがすいていたことに気《き》づいて、だれもかれもが食《た》べはじめたけど、ものをかむと眠《ねむ》れなくなるんだよ。とくにラスクは、バリバリ音《おと》がして、かけらがとびちるから眠《ねむ》れないんだ。

それからみんなは車両《しゃりょう》のうしろのトイレに行《い》きはじめたけど、もどってこないのがひとりいたので、リーダーがさがしに行《い》った。その子《こ》がもどらなかったのは、ドアがあかなくなったからで、ドアをあけるには、切符《きっぷ》をしらべにくるおじさんをよばなければならなかった。

みんなしんぱいしていた。とじこめられた子《こ》が泣《な》きながら、こわいようとさけんでいたし、もし駅《えき》についたらその子《こ》がどうなるだろうと気《き》がかりだったからだ。なぜって、そのドアには、〈汽車《きしゃ》が駅《えき》に停車中《ていしゃちゅう》は入室禁止《にゅうしつきんし》〉と書《か》いてあったんだもの。

それから、その子《こ》は外《そと》に出《だ》してもらったけど、とてもおもしろかった、とぼくらに言《い》った。リーダーがぼくらに、みんな自分《じぶん》の車室《しゃしつ》にもどりなさいと言《い》ったけど、自分《じぶん》の車室《しゃしつ》を見《み》つけるのが、またひとさわぎだった。ぼくらは全員《ぜんいん》、車室《しゃしつ》から出《で》ていたので、どれが自《じ》分《ぶん》の車室《しゃしつ》なのか、もうだれにもわからなくなっていたからだ。みんなが通路《つうろ》を走《はし》り、ドアをあけてまわった。

すると一《ひと》つの車室《しゃしつ》から、おじさんがまっかな顔《かお》を出《だ》して、このばかさわぎをやめないと国鉄《こくてつ》に苦情《くじょう》を申《もう》し出《で》るぞ、とどなった。なんでもおじさんは、国鉄《こくてつ》のうんとえらい人《ひと》と友《とも》だちなんだって。

ぼくらは、かわるがわる眠《ねむ》った。そして朝《あさ》、ぼくらはプラージュ・レ・トルゥについた。駅《えき》には、ぼくらをキャンプ場《じょう》へはこぶバスが待《ま》っていた。

ぼくらのかっこいいリーダーは、夜中《よなか》じゅう廊下《ろうか》を走《はし》りまわっていたけど、それほどつかれたようすでもなかった。おまけにリーダーは、トイレのドアを三度《ど》もあけさせなければならなかったんだ。中《なか》にとじこめられた子《こ》どもを外《そと》に出《だ》すために二度《ど》と、国鉄《こくてつ》に友《とも》だち

がいるおじさんのために一度《ど》。このおじさんは感謝《かんしゃ》のしるしに、ぼくらのリーダーに名刺《めいし》をわたしてたよ。

バスの中《なか》では、みんな大声《おおごえ》でさわいでいた。するとリーダーが、大《おお》きな声《こえ》でわめくより歌《うた》をうたったほうがいいと言《い》って、ぼくたちに歌《うた》をうたわせたんだ。一《ひと》つは、山《やま》の上《うえ》の高《たか》いところにある山小屋《やまごや》の歌《うた》で、もう一《ひと》つは、どんな道《みち》にも石《いし》ころがあるという歌《うた》だったけど、ぼくらがうたいおわると、リーダーは、やっぱりうたうよりさけんでいるほうがいいね、と言《い》ったんだ。そして、ぼくらはキャンプ場《じょう》についた。

ついてみて、ぼくはすこしがっかりした。もちろんキャンプ場《じょう》はきれいだし、木《き》も花《はな》もあるんだけど、テントがないんだ。ぼくらは、木《き》の家《いえ》で寝《ね》ることになってるんだ。ぼくは、ネイティブ・アメリカンの

ようにテントで暮《く》らすと思《おも》ってたので、ざんねんだった。テントだったら、もっとおもしろかったのに。

ぼくらは、キャンプ場《じょう》の中央《ちゅうおう》につれて行《い》かれた。そこで、男《おとこ》の人《ひと》がふたり、ぼくらを待《ま》っていた。ひとりは髪《かみ》の毛《け》がぜんぜんなくて、もうひとりはめがねをかけていて、ふたりともショートパンツをはいていた。髪《かみ》の毛《け》のないおじさんが、ぼくらに言《い》った。

「みなさん、わたしはみなさんをブルー・キャンプにおむかえして、うれしく思《おも》います。ここの健全《けんぜん》な、あたたかいふんいきの中《なか》で、みなさんが友《とも》だちになり、すばらしいバカンスをすごされるものと、わたしは確信《かくしん》しております。また、ここではゆるやかな規律《きりつ》にしたがって生活《せいかつ》してもらいますが、これは、将来《しょうらい》みなさんがりっぱなおとなになるための準備《じゅんび》なのです。わたしは、このキャンプ場《じょう》の責任者《せきにんしゃ》のラトーです。

それでは、会計係《かいけいがかり》のジュノさんをみなさんに紹介《しょうかい》します。ジュノさんは、ときどきみなさんに仕事《しごと》のお手《て》つだいをおねがいすることになるでしょう。みなさんは、みなさんのグループ・リーダーである、ここにいるおにいさんたちの言《い》いつけをよくまもってくれるものと思《おも》います。グループ・リーダーが、これからみなさんをそれぞれの宿舎《しゅくしゃ》に案内《あんない》しますから、十分後《ぶんご》にまた集合《しゅうごう》してください。浜《はま》べに行《い》って、最初《さいしょ》の海水浴《かいすいよく》をする予定《よてい》です」

するとだれかが「ブルー・キャンプ、ばんざい、ばんざい！」とさけび、たくさんのなかまたちも「ばんざぁい！」と応《おう》じ、それを三回《かい》くり返《かえ》した。とてもおもしろかったよ。

ぼくらのリーダーは、ぼくらに、ぼくらウユ・ド・ランクス・グループの十二名《めい》を、宿舎《しゅくしゃ》までつれて行《い》った。リーダーはぼくらに、自分《じぶん》のベッドをえらぶように、そして荷物《にもつ》をおいて、水着《みずぎ》に着《き》がえるようにと指示《しじ》し、八分後《ふんご》にむかえにくるからと言《い》って、出《で》て行《い》った。

「それじゃ」と、背《せ》の高《たか》い子《こ》が言《い》った。「ぼくはドアのちかくのベッドにするぞ」

「なんでだよ、だめだよ」と、べつの子《こ》が言《い》った。

「ぼくが最初《さいしょ》に、このベッドに目《め》をつけたんだ。ぼくは、みんなの中《なか》でいちばん強《つよ》いんだからな。もんくがあるか」と、背《せ》の高《たか》い子《こ》が言《い》った。

「だめですよ、だめですよ」と、べつの子《こ》がうたうように言《い》った。「ドアのそばのベッドはぼくのだ！　もう荷物《にもつ》をおいたからね！」

「ぼくも、もう荷物《にもつ》をおいたぞ」と、べつのふたりが同時《どうじ》にさけんだ。

八人《にん》がベッドの上《うえ》でとっくみ合《あ》いをはじめたとき、水着《みずぎ》を着《き》た、筋肉《きんにく》もりもりのリーダーが入《はい》ってきた。

「どうしたんだい？」と、リーダーがきいた。「なにをしてるんだ？　まだ水着《みずぎ》に着《き》がえていないのかい？　どうもきみたちは、ほかの宿舎《しゅくしゃ》の子《こ》どもたちよりさわがしいようだね。さあ、いそぐんだ！」

「ぼくのベッドのせいなんです……」と、背《せ》の高《たか》い子《こ》が説明《せつめい》しはじめた。

「ベッドはあとまわしだ」と、リーダーが言《い》った。「さあ、水着《みずぎ》に着《き》がえよう。集合《しゅうごう》におくれているのは、われわれだけなんだ！」

「ぼくは、みんなの前《まえ》ではだかになるのはいやだ！　パパとママのところに帰《がえ》りたいよう！」と、ひとりの子《こ》が言《い》って、泣《な》きはじめた。

「さあ、さあ」と、リーダーが言《い》った。「いいかい、ポーラン、ぼくたちのグループの集《しゅう》合合図《ごうあいず》のかけ声《ごえ》をおぼえているだろ、〈がんばろう！〉《クラージュ》だ。それに、きみはもうりっぱな男《おとこ》じゃないか、もう子《こ》どもじゃないんだ」

「ちがうよ！　ぼくは子《こ》どもだ！　ぼくは子《こ》どもだ！　ぼくは子《こ》どもなんだ！」と、ポーランが言《い》った。それからポーランは、泣《な》きながら床《ゆか》の上《うえ》をころげまわった。

「リーダー」と、ぼくは言《い》った。「ぼくは水着《みずぎ》に着《き》がえられません。パパとママが駅《えき》で、ぼくにスーツケースをわたすのをわすれたんです」

リーダーは両手《りょうて》であごをこすってから、きっとだれかなかまの子《こ》が、きみに水着《みずぎ》を貸《か》してくれるだろう、と言《い》った。

「だめです」と、だれかが言《い》った。「ぼくのママは、人《ひと》にものを貸《か》してはいけないと、ぼくに言《い》いました」

「けちんぼめ、きみの水着《みずぎ》なんか借《か》りないよ！」とぼくは言《い》って、パチンと、その子《こ》の顔《かお》をたたいてやった。

「だれか、ぼくのくつ下《した》をぬがせてくれないかな？」と、べつの子《こ》がきいた。

「リーダー！　リーダー！」と、まただれかが言《い》った。「ジャムがこぼれて、スーツケースの中《なか》がぐちゃぐちゃです。どうしたらいいですか？」

そして気《き》がつくと、リーダーはもう、ぼくらの宿舎《しゅくしゃ》の中《なか》にはいなかった。

ベルタンという名《な》まえの、感《かん》じのいい子《こ》が水着《みずぎ》を貸《か》してくれたので、みんな水着《みずぎ》に着《き》がえて外《そと》に出《で》たけど、ぼくらは集合《しゅうごう》にいちばんおくれてしまっていた。キャンプのみんなが集合《しゅうごう》したところは、なかなかの見《み》ものだった。だって全員《ぜんいん》、水着《みずぎ》を着《き》てるんだから。

ひとりだけ水着《みずぎ》じゃない人《ひと》がいて、それはぼくらのリーダーだった。リーダーは、上着《うわぎ》を着《き》て、きちんとネクタイをしめた服装《ふくそう》で、スーツケースを手《て》にもっていた。そして、ラトーさんがぼくらのリーダーに話《はな》しているところだった。

「考《かんが》えなおしてくれたまえ、きみ。わたしは、きみがあの子《こ》たちをひきうけてくれると信《しん》じている。さあ、がんばろう《クラージュ》！」

臨海学校《りんかいがっこう》の生活《せいかつ》が、いよいよはじまった。

ニコラと彼《かれ》の友《とも》だちを、おとなに育《そだ》てあげる生活《せいかつ》だ。

彼《かれ》らのグループ・リーダーのジェラール・レトゥフさえ、

キャンプ到着《とうちゃく》の日《ひ》から変身《へんしん》をとげた。

ときにかすかな疲労《ひろう》がジェラールの

澄《す》んだひとみをくもらせるとしても、

若《わか》きリーダーは、子《こ》どもたちがひきおこすパニックから

わが身《み》をまもるために、

ひきつった笑《わら》いをうかべるだけですませる術《すべ》を

学《まな》んだのである……。

La baignade
海水浴《かいすいよく》がいちばん

ぼくがバカンスをすごしているキャンプ場《じょう》では、一日《にち》のうちに、たくさんのことをする。

朝《あさ》は八時《じ》におき、大《おお》いそぎで着《き》がえをして、集合《しゅうごう》し、いちにいちにと、体操《たいそう》をする。それから、かけ足《あし》で顔《かお》を洗《あら》いに行《い》くんだけど、顔《かお》に水《みず》をバシャバシャかけ合《あ》って、うんと遊《あそ》ぶ。それからお手《て》つだい当番《とうばん》の子《こ》どもたちが、いそいで朝《あさ》ごはんをとりに行《い》く。この朝《あさ》ごはんは、バターやジャムをぬったパンがいっぱいあって、とてもおいしい！

いそいで朝《あさ》ごはんを食《た》べたら、宿舎《しゅくしゃ》に走《はし》って帰《かえ》ってベッドをととのえる。でも、ぼくらには家《いえ》でママがやるようにはできないから、シーツと毛布《もうふ》をはがして、それを四《よっ》つに折《お》って、マットレスの上《うえ》においとくんだ。

それがおわると、お手《て》つだい当番《とうばん》がある。キャンプ場《じょう》の

まわりをそうじしたり、会計係《かいけいがかり》のジュノさんのために品物《しなもの》をとりに行《い》ったりする。それからまた集合《しゅうごう》だから、ぼくらは走《はし》らないといけない。そのあとは、海水浴《かいすいよく》をしに浜《はま》べに出《で》かける。

海水浴《かいすいよく》がおわったらまた集合《しゅうごう》して、お昼《ひる》ごはんのためにキャンプ場《じょう》にもどるんだけど、ぼくらはおなかがとてもペコペコなので、このお昼《ひる》ごはんが楽《たの》しみなんだ。

お昼《ひる》ごはんがおわると、ぼくらは歌《うた》をうたう。〈木《き》ぐつをはいてロレーヌ地方《ちほう》を通《とお》れば〉と〈われは海《うみ》の子《こ》〉だ。それからお昼寝《ひるね》の時間《じかん》になるけど、このお昼寝《ひるね》がまたとっても楽《たの》しい。なにがあっても、お昼寝《ひるね》はしないといけない。それで、お昼寝《ひるね》のあいだ、ぼくらを見張《みは》りながらグループ・リーダーがいろいろなお話《はなし》をしてくれるんだよ。

それからまた集合《しゅうごう》して、海岸《かいがん》に行《い》って海水浴《かいすいよく》をし、また集合《しゅうごう》して、

キャンプ場《じょう》にもどり、晩《ばん》ごはんを食《た》べるんだ。晩《ばん》ごはんのあとで、ぼくらはまた歌《うた》をうたうけど、キャンプファイヤーをたいて、そのまわりでうたうこともときどきある。そして、夜《よる》のゲームがないときはベッドに入《はい》り、すぐに電《でん》気《き》を消《け》して眠《ねむ》らないといけない。

そのほかの時間《じかん》は、ぼくらがやりたいことをやるんだ。

ぼくがいちばんすきなのは、海水浴《かいすいよく》だ。海水浴《かいすいよく》にはグループ・リーダーたちもみんないっしょに行《い》くけど、浜《はま》べはぼくらの専用《せんよう》なんだ。ほかの人《ひと》たちがこの浜《はま》べにくることができないのではなくて、ほかの人《ひと》たちは、やってきてもすぐ帰《かえ》ってしまう。たぶんぼくらが、砂《すな》浜《はま》でいろんな遊《あそ》びをし、大《おお》さわぎをしているからだと思《おも》うな。

ぼくらは、グループごとにならぶ。ぼくのグループの名《な》まえは〈ウユ・ド・ランクス〉で、ぼくらはみんなで十二人《にん》だ。とてもかっこいいリーダーがいて、合《あい》ことばは「がんばろう！《クラージュ》」なんだ。

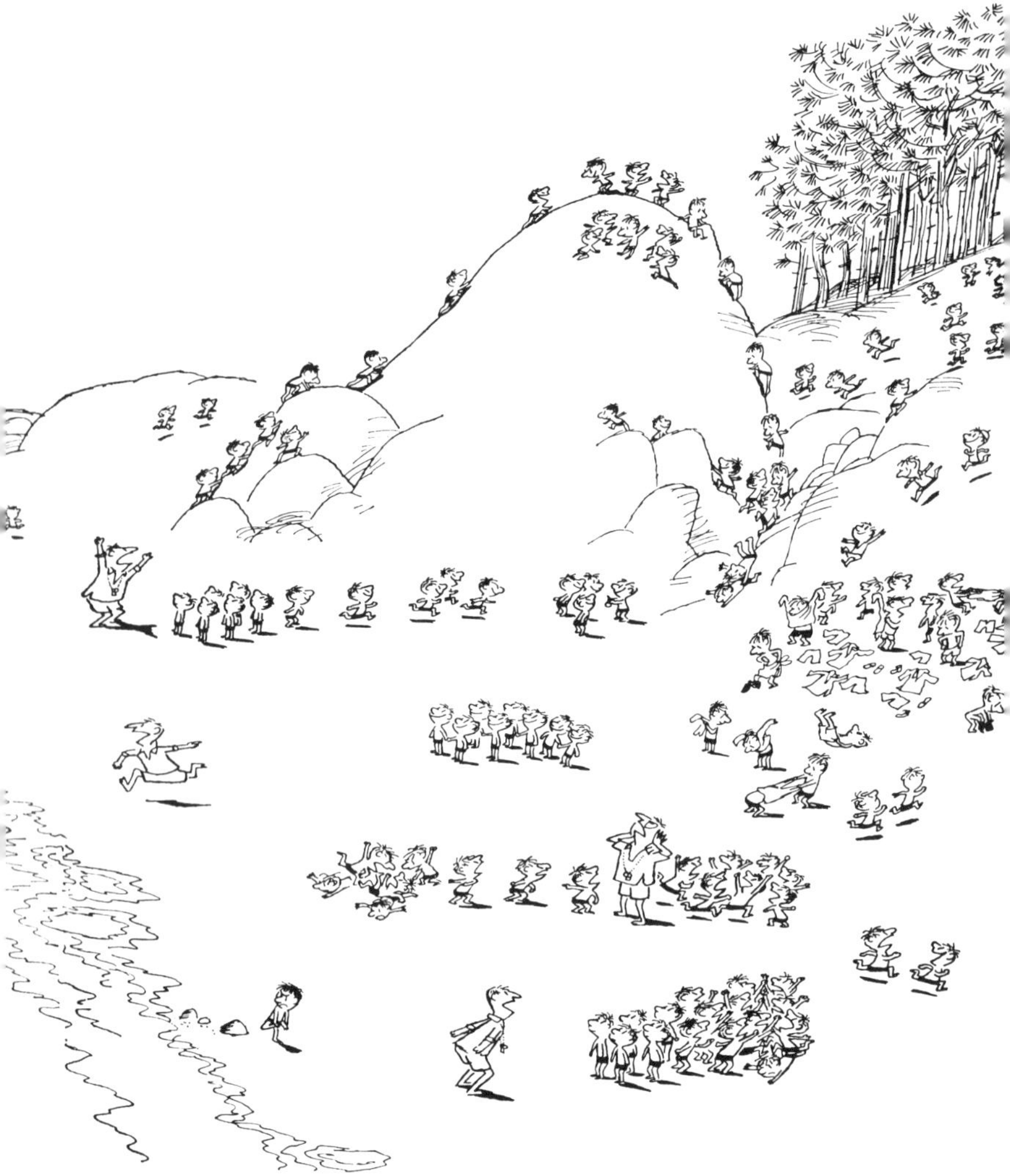

グループ・リーダーがぼくらを自分《じぶん》のまわりに集《あつ》めて、言《い》った。

「いいかい、むちゃをしてはだめだ。きみたちは、いつもグループでいっしょにいること。岸《きし》からあまり遠《とお》くはなれないようにして、ホイッスルが聞《き》こえたら砂浜《すなはま》にもどってくること。ぼくは、きみたち全員《ぜんいん》に目《め》をくばっていたいからね！　海《うみ》にもぐることは禁止《きんし》！　言《い》うことをきかない子《こ》は、つぎから海水浴《かいすいよく》を禁止《きんし》にする。わかったかい？　さあ、体操《たいそう》はなし、みんな海《うみ》に入《はい》ろう！」

そしてぼくらのリーダーが大《おお》きなホイッスルを吹《ふ》いたので、ぼくらはみんなリーダーといっしょに海《うみ》の中《なか》に入《はい》った。海《うみ》はつめたくて波《なみ》があったけど、この波《なみ》ってやつは、とってもおもしろいんだ！

ところが気《き》がついたら、全員《ぜんいん》が海《うみ》に入《はい》っているわけじゃなかった。ひとり、砂浜《すなはま》にのこって泣《な》いている子《こ》がいた。それはポーランで、ポーランはいつも、パパやママのところに帰《かえ》りたいよう、と言《い》って泣《な》いているんだ。

「さあ、ポーラン！　こっちにおいで！」と、グループ・リーダーが言《い》った。

「いやだ」と、ポーランが大声《おおごえ》で言《い》った。「こわいよう！　ぼくは、パパやママのところへ帰《かえ》りたいよう！」

それからポーランは、ぼくはものすごく不幸《ふこう》だ、とさけびながら、砂《すな》の上《うえ》をころげまわった。

「よし」と、グループ・リーダーが言《い》った。「みんなここにいなさい、うごくんじゃないよ。きみたちの友《とも》だちをつれてくるからね」

そしてリーダーは海《うみ》から上《あ》がり、ポーランのところへ行《い》った。

「さあいいかい、きみ」と、リーダーがポーランに言《い》った。「なんにもこわくなんかないよ」

「うそだ、こわいよ！」と、ポーランがさけんだ。「うそだ、こわいよう！」

「あぶないことはなにもないよ」と、リーダーが言《い》った。「おいで、手《て》をつなごう。いっしょに海《うみ》に入《はい》ろうよ。ぼくは、きみの手《て》をはなしたりしないから」

ポーランは泣《な》きながら片手《かたて》を出《だ》し、海《うみ》に入《はい》るまでおとなしく手《て》をひいてもらっていたけど、足《あし》が水《みず》にぬれたとたん、

「うわあ！　うわあ！　つめたいよ！　こわいよ！　死《し》んじゃうよ！　うわあ！」と、さ

けびはじめた。

「だいじょうぶ、なんにも……」と言《い》いかけたリーダーが、ギョッと顔色《かおいろ》をかえて大声《おおごえ》を上《あ》げた。

「だれだ、あれは。ブイのほうに泳《およ》いで行《い》くのは？」

「クレパンです」と、だれかが言《い》った。クレパンは泳《およ》ぎがとてもじょうずなので、沖《おき》のブイまで泳《およ》いでみせるとぼくらに約束《やくそく》したんだ。

リーダーはポーランの手《て》をはなし、水《みず》をけるように走《はし》って海《うみ》にとびこみ、「クレパン！いま行《い》く！　待《ま》ってろ！」とさけびながら泳《およ》ぎはじめた。そしてホイッスルを吹《ふ》いたけど、ホイッスルに水《みず》が入《はい》ったので、ブクブクと泡《あわ》の音《おと》がしただけだった。すると、ポーランが泣《な》きはじめた。

「ぼくをひとりにしないでよう！　おぼれちゃうよう！　うわあ！　うわあ！　パパ！ママ！　うわあ！」

でも、水《みず》につかっているのはポーランの両足《りょうあし》だけだったので、ぼくらはおもしろがって見《み》ていた。

クレパンをつれてもどってきたリーダーがクレパンに、海《うみ》から出《で》て砂浜《すなはま》にのこっているように言《い》ったので、クレパンはすっかりむくれてしまった。

それからリーダーは、ぼくらの人数《にんずう》をかぞえはじめたけど、これがかんたんじゃなかった。リーダーがいないあいだに、みんなかってにちりぢりになっていたからね。リーダーはクレパンをつれもどしに行《い》ったときにホイッスルをなくしていたので、

「ウユ・ド・ランクス・グループ！　集合《しゅうごう》！

ウユ・ド・ランクス・グループ！　がんばろう《クラージュ》！

がんばろう《クラージュ》！」と、大声《おおごえ》でさけびはじめた。

　すると、べつのグループのリーダーがぼくらのリーダーのところにきて、「おい、ジェラール、さけぶなら、もうすこし小《ちい》さい声《こえ》でたのむぜ。ぼくのホイッスルの音《おと》が聞《き》こえなくなるからな」と言《い》ったけど、そのときにはもうグループ・リーダーたちは、ホイッスルを吹《ふ》いたりさけんだりどなったり、大《おお》さわぎになっていた。

　それからぼくらのリーダーがぼくらの人数《にんずう》をかぞえると、全員《ぜんいん》そろっていたけど、ガルベールがふざけたので、リーダーはガルベールに、海《うみ》から上《あ》がってクレパンといっしょに砂浜《すなはま》にいるように言《い》った。だってガルベールは、あごまで水《みず》につかって、「穴《あな》に落《お》ちた！　たすけて！　穴《あな》に落《お》っこちた！」とさけんでいたからだ。ガルベールは水《みず》の中《なか》でうずくまっていただけなんだけどね。

　おもしろいやつなんだよ、ガルベールは！

　リーダーたちは、午前中《ごぜんちゅう》の海水浴《かいすいよく》はこれぐらいでやめにしようと決《き》め、「グループごとに砂浜《すなはま》に集合《しゅうごう》！」とさけんで、ホイッスルを吹《ふ》いた。

みんなが整列《せいれつ》すると、ぼくらのリーダーが人数《にんずう》をかぞえ、「十一人《にん》しかいない！　ひとりたりない！」と、言《い》った。たりないのはポーランだった。

ポーランは海《うみ》の中《なか》にすわりこみ、水《みず》から出《で》ようとしなかった。

「ぼくは海《うみ》の中《なか》にいたいよう！」と、ポーランがさけんだ。「水《みず》から上《あ》がったら、かぜをひいちゃうよ！　ぼくはここにいたいんだよう！」

リーダーはイライラしたようすで、腕《うで》をつかんでポーランをつれもどしたけど、ポーランは、パパとママのところに帰《かえ》りたい、海《うみ》の中《なか》へもどりたいとさけんでいた。そしてリーダーがぼくらの数《かず》をかぞえなおすと、やっぱりひとりたりなかった。

「クレパンだよ……」と、だれかがリーダーに言《い》った。

「クレパンは、また海《うみ》にもどったのか？」と、ぼくらのリーダーがきいたけど、リーダーの顔《かお》はまっさおだった。

ぼくらのとなりのグループのリーダーが、ぼくらのリーダーに言《い》った。

「ぼくのところじゃひとり多《おお》いんだけど、もしかしたら、きみのところの子《こ》じゃないかな？」

たしかにそれはクレパンだった。クレパンは、板《いた》チョコをもってる子《こ》に話《はな》しかけていたんだ。

クレパンをつれてもどったリーダーが、もう一度《ど》ぼくらの人数《にんずう》をかぞえると、こんどは十三人《にん》だった。

「ウユ・ド・ランクス・グループじゃないのは、だれだ？」と、リーダーがきいた。

「ぼくです、先生《せんせい》」と、見《み》たこともない小《ちい》さな子《こ》が言《い》った。

「きみはどのグループ？」と、リーダーがきいた。「〈エグロン（ワシのひな）〉かい、それとも〈ジャガー〉かな？」

「ちがうよ」と、小《ちい》さな子《こ》が言《い》った。「ぼくはベルヴュ・エ・ドゥ・ラ・プラージュ（絶《ぜっ》景海岸《けいかいがん》）ホテルにいるんだ。ほらあそこ、突堤《とってい》の上《うえ》で昼寝《ひるね》をしてるのが、ぼくのパパだよ」

そしてその小《ちい》さな子《こ》が、「パパ！　パパ！」と呼《よ》ぶと、居《い》ねむりをしていたおじさんが顔《かお》を上《あ》げ、それからゆっくりとぼくらのほうへやってきた。

「どうしたんだい、ボボ？」と、おじさんがきいた。

そこで、ぼくらのリーダーが言《い》った。

「あなたの子《こ》どもさんが、わたしの子《こ》どもたちのところへ遊《あそ》びにきてたんです。ぼうやは臨海学校《りんかいがっこう》に興味《きょうみ》があるようですね」

するとおじさんが言《い》った。

「そうかもしれんが、わたしなら、この子《こ》をぜったいに臨海学校《りんかいがっこう》にはやらんね。あんたをわるく言《い》うつもりはないが、両親《りょうしん》がいないと、子《こ》どもというのは監督《かんとく》が行《い》きとどかないからね」

臨海学校《りんかいがっこう》の責任者《せきにんしゃ》のラトーさんに、

子《こ》どもたちのほかに大《だい》すきなものが一《ひと》つあるとすれば、

それは森《もり》の中《なか》の散歩《さんぽ》だ。

ラトーさんは、

とある計画《けいかく》をつたえるスピーチにとりかかろうと、

夕食《ゆうしょく》がおわるのをじりじりしながら

待《ま》ちかまえているのだった……。

La pointe des Bourrasques

ブラスク岬《みさき》、遠足《えんそく》は森《もり》をぬけて……

きのう、晩《ばん》ごはんのあとで、パパとママがぼくを入学《にゅうがく》させた臨海学校《りんかいがっこう》（これはとてもいい考《かんが》えだった）の責任者《せきにんしゃ》のラトーさんが、全員《ぜんいん》を集《あつ》め、話《はなし》をした。

「あすは、わたしたちみんなでブラスク（突風《とっぷう》）岬《みさき》へ遠足《えんそく》に出《で》かけましょう。リュックをせおって、おとなの人《ひと》のように歩《ある》いて森《もり》をぬけるのです。これは、みなさんにとってすばらしい遠足《えんそく》になると同時《どうじ》に、胸《むね》がわくわくする経験《けいけん》にもなるでしょう」

さらにラトーさんは、ぼくらは朝《あさ》とても早《はや》い時間《じかん》に出《で》かけること、会計係《かいけいがかり》のジュノさんが、出《で》かける前《まえ》にお弁当《べんとう》をくばってくれることを話《はな》した。

ぼくらはみんなで、「ばんざい、ばんざい、ばんざい」と三回《かい》さけび、とっても興奮《こうふん》してベッドに入《はい》った。

朝《あさ》の六時《じ》に、グループ・リーダーが宿舎《しゅくしゃ》にきて、ぼくらをおこしたけど、これがひと仕事《しごと》だった。

「さあ、くつをはいて、セーターを着《き》なさい」と、リーダーがぼくらに言《い》った。「それに、お弁当《べんとう》を入《い》れるリュックサックをわすれないように。バレーボールも、もって行《い》くこと」

「リーダー、リーダー」と、ベルタンがきいた。「カメラをもって行《い》ってもいいですか？」

「いいとも、ベルタン」と、リーダーが答《こた》えた。「それじゃ、きみ、ブラスク岬《みさき》でわれわれ全員《ぜんいん》の写真《しゃしん》をとってくれたまえ。すばらしい思《おも》い出《で》になるぞ！」

「やったあ！　どんなもんだい、みんな！」ベルタンが、とくいになってさけんだ。「みんな聞《き》いたろう？　ぼくが写真《しゃしん》をとるんだよ！」

「きみのカメラなんて、くそくらえだ」と、クレパンがやり返《かえ》した。「まったく出《で》しゃばりなんだから。ぼくは、きみのカメラにうつってやらないからな。ぼくは、うごいてやる」

「ぼくのカメラをそんなふうに言《い》うのは、うらやましいからだろ」と、ベルタンが言《い》った。「だって、きみはカメラをもってないからね！」

「ぼくがカメラをもってないって？」と、クレパンが言《い》った。「笑《わら》わせるんじゃないぜ！　ぼくの家《いえ》には、きみのカメラよりもっとすごいのがあるんだぞ、わかったか！」

「きみはうそつきで、大《おお》ばかやろうだ」とベルタンが言《い》ったので、クレパンとベルタンはけんかをはじめた。でも、おとなしくしないとブラスク岬《みさき》へつれて行《い》かないぞ、とリーダーが言《い》ったので、ふたりはけんかするのをやめた。

それからリーダーはぼくらに、集合《しゅうごう》におくれるからいそぐように、と言《い》った。

ぼくらは、朝《あさ》ごはんをたっぷり食《た》べてからキッチンへ行《い》って一列《れつ》にならび、ジュノさんからひとりひとり、お弁当《べんとう》のサンドイッチとオレンジを一《ひと》つずつもらった。これがずいぶん手間《てま》どったので、ジュノさんはイライラしはじめたようだった。とくに、ポーランがサンドイッチをさし出《だ》して、

「先生《せんせい》、あぶら身《み》がついてます」と言《い》ったときは、ジュノさんも頭《あたま》にきた。

「それでも、食《た》べてもらうしかないね」と、ジュノさんが言《い》った。

「ぼくのうちでは」と、ポーランが言《い》った。「ママはぼくに、あぶら身《み》のはいったサンドイッチを食《た》べさせないよ。それにぼくは、あぶら身《み》のサンドイッチはきらいなんだ」

「それじゃ、そのあぶら身《み》だけとったらいい」と、ジュノさんが言《い》った。

「でも、さっきは、あぶら身《み》も食《た》べなさいと言《い》ったでしょ」と、ポーランが言《い》った。「どっちなの！　ぼくはもう、パパとママのところへ帰《かえ》りたいよう！」

そして、ポーランは泣《な》きはじめた。

だけどこれは、もうサンドイッチのあぶら身を食《た》べてしまったガルベールが、自分《じぶん》のをポーランのと交換《こうかん》してやったので、うまくかたづいた。

ぼくらは、ラトーさんを先頭《せんとう》にキャンプ場《じょう》を出発《しゅっぱつ》した。グループごとに列《れつ》をつくり、リーダーについて行《い》ったんだけど、それはほんものの分列行進《ぶんれつこうしん》みたいだった。ぼくらは歌《うた》をたくさんうたわされたけど、みんなとても元気《げんき》だったので、うんと大《おお》きな声《こえ》でうたった。

ざんねんだったのは、朝《あさ》とても早《はや》かったので、ぼくらを見物《けんぶつ》する人《ひと》がだれもいなかったことだ。とくに、ほかの人《ひと》たちがバカンスにきているホテルの前《まえ》を通《とお》ったときは、ざんねんだったな。

それでもホテルの窓《まど》が一《ひと》つひらき、おじさんが顔《かお》を出《だ》してどなった。

「おい、きみたち、朝早《あさはや》くからそんな大声《おおごえ》でさわぐなんて、すこしへんなんじゃないのか？」

すると、べつの窓《まど》がひらき、べつのおじさんがさけんだ。

「大声《おおごえ》を出《だ》しているのはあんたじゃないか、パタンさん。一日《にち》じゅう、あんたの子《こ》どもたちのさわぎをがまんしてるというのに、それだけじゃたりないとでも言《い》うのかね？」

「そんなことを言《い》えた義理《ぎり》かね、ランショワさん。みえをはって、食事《しょくじ》のたびに追加《ついか》の料理《りょう り》を注文《ちゅうもん》するのは、だれだい！」と、最初《さいしょ》のおじさんがやり返《かえ》した。

すると、またべつの窓《まど》がひらいて、べつのおじさんがなにかさけびはじめたけど、ぼくらにはもう、なにがなんだかわからなかった。だってぼくらは、もう遠《とお》くにきていたし、大声《おおごえ》で歌《うた》をうたっていたので、よく聞《き》こえなかったんだ。

まもなく、ぼくらは道《みち》をはずれ、野原《のはら》をよこぎった。だけど、野原《のはら》には雌牛《めうし》が三頭《とう》いたので、たくさんの子《こ》がそこに入《はい》るのをいやがった。でも、ぼくらはもうおとななんだから、こわがってはいけないと言《い》われ、むりやり野原《のはら》を歩《ある》かされた。

野原《のはら》をよこぎるときに歌《うた》をうたっていたのは、ラトーさんとグループ・リーダーたちだけだった。ぼくらは、野原《のはら》をぬけて森《もり》の中《なか》に入《はい》ってから、また歌《うた》をうたいはじめたんだ。

森《もり》って最高《さいこう》だよ。だれも見《み》たことがないくらい木《き》がいっぱいあるし、空《そら》が見《み》えないくらい葉《は》っぱがたくさんあって、まわりはうすぐらいし、道《みち》だってないんだ。とちゅうでポーランが、まいごになるのがこわいよう、森《もり》のけものに食《た》べられちゃうのがこわいよう、とさけんで地面《じめん》をころげまわったので、ぼくらは進《すす》めなくなった。「まったく」と、ぼくらのリーダーが言《い》った。「きみは手《て》におえないな！　なかまを見《み》てごらん、みんなはこわがってるかい？」

するとまたべつの子《こ》が、こわいんだ、ぼくもこわいんだ、と言《い》って泣《な》きはじめ、つづいてさらに三、四人《にん》が泣《な》きはじめた。だけどぼくは、おもしろがってわざと泣《な》いた子《こ》もいたと思《おも》うな。

ラトーさんが走《はし》ってきて、ぼくらを自分《じぶん》のまわりに集《あつ》めようとしたけど、木《き》がじゃまをして、うまくいかなかった。ラトーさんはぼくらに、きみたちはおとなのように行動《こうどう》しなければいけないと説明《せつめい》し、道《みち》を見《み》つけるにはたくさんの方法《ほうほう》があるんだ、と言《い》った。まず最初《さいしょ》に磁石《じしゃく》、それから太陽《たいよう》、それから星《ほし》、それから木《き》についたコケ、それに、ラトーさんは去年《きょねん》この森《もり》を歩《ある》いたので道《みち》をよく知《し》っていると言《い》い、だいじょうぶだから、さあ前《まえ》へ進《すす》め！と言《い》った。

だけど、ぼくらは、すぐには出発《しゅっぱつ》できなかった。森《もり》の中《なか》にちらばったなかまを集《あつ》めないといけなかったからだ。かくれんぼで遊《あそ》んでいるのがふたりいて、ひとりはすぐに見《み》つかったけど、もうひとりは、「たんま」と大声《おおごえ》で言《い》わないと木《き》のうしろから出《だ》てこなかったんだ。きのこをさがしている子《こ》もいたし、バレーボールで遊《あそ》んでいるのが三人《にん》、それにガルベールは、サクランボがあるかと思《おも》ってのぼった木《き》から下《お》りるのに、苦労《くろう》していた。

やっとみんなそろって、ぼくらがまた歩《ある》きはじめたら、こんどはベルタンがさけんだ。

「リーダー！　キャンプ場《じょう》に帰《かえ》らなくちゃ！　ぼく、カメラをわすれてきました！」

それでクレパンが笑《わら》い出《だ》し、ふたりはけんかをはじめたけど、「やめろ、さもないと、おしりをぶつぞ！」とぼくらのリーダーがどなったので、ふたりはけんかをやめた。ぼくらはみんな、とてもびっくりした。だって、ぼくらのリーダーがこんな大声《おおごえ》を出《だ》したのは、はじめてだったんだもの！

ぼくらは、森《もり》の中《なか》をうんとうんと長《なが》いこと歩《ある》いた。ぼくらはつかれて、とうとう立《た》ちどまった。するとラトーさんは頭《あたま》をかきながら、グループ・リーダーたちを自分《じぶん》のまわりに集《あつ》めた。リーダーたちは、みんなそれぞれにちがう方向《ほうこう》を指《ゆび》さした。ぼくにはラトーさんが、「おかしいな、この一年《ねん》で木《き》が切《き》られてしまったんだな。わたしの目《め》じるしがどこにも見《み》つからない」と言《い》うのが聞《き》こえた。

それからさいごに、ラトーさんは指《ゆび》を一本《ぽん》口《くち》にくわえ、その指《ゆび》を空中《くうちゅう》にさし上《あ》げてから歩《ある》きはじめたので、ぼくらもラトーさんのあとについて歩《ある》きだした。でもへんなんだよ、ラトーさんは、こんなふうにして道《みち》を見《み》つけるやり方《かた》を、さっきはぼくらに教《おし》えてくれなかったのにね。

それからぼくらはまたうんと歩《ある》き、やっとこさ森《もり》を出《で》て野原《のはら》をよこぎった。野原《のはら》にはもう雌牛《めうし》はいなかったけど、それは雨《あめ》が降《ふ》りはじめたからなんだ。それでぼくらは道路《どうろ》まで走《はし》り、ガレージで雨《あま》やどりをしてお弁当《べんとう》を食《た》べ、歌《うた》をうたった。とっても楽《たの》しかったよ。

雨《あめ》が上《あ》がったときは、もうとてもおそい時間《じかん》だったので、ぼくらはキャンプ場《じょう》に帰《かえ》った。ラトーさんはぼくらに、わたしはこんなことではくじけない、あしたかあさってか、きみたちはブラスク岬《みさき》へ行《い》くことになるだろう、と言《い》った。

でも、こんどはバスにのって……。

大《だい》すきなママと大《だい》すきなパパへ

ぼくはとてもいい子《こ》にして、なんでも食《た》べ、

よく遊《あそ》んでいます。

ぼくはママとパパに、ラトーさんへ、

言《い》いわけの手紙《てがみ》を書《か》いてほしいのです。

ぼくが昼寝《ひるね》をしてはいけないことを、

ラトーさんに知《し》らせてください。前《まえ》に、

パパとぼくが算数《さんすう》の宿題《しゅくだい》をうまくとけなかったときに、

ぼくが先生《せんせい》にとどけた、あの手紙《てがみ》のような手紙《てがみ》を……。

（ニコラから両親《りょうしん》への手紙《てがみ》の抜粋《ばっすい》）

La sieste
お昼寝《ひるね》

臨海学校《りんかいがっこう》でぼくがきらいなのは、毎日《まいにち》、昼《ひる》ごはんのあとでお昼寝《ひるね》があることだ。もしそれをしなくてすむような言《い》いわけを考《かんが》え出《だ》したとしても、やっぱりお昼寝《ひるね》はしないといけないんだ。これは、どう考《かんが》えてもおかしいよ。だって朝《あさ》になると、ぼくらは、おきて体操《たいそう》をして顔《かお》を洗《あら》ってベッドをととのえ、朝《あさ》ごはんを食《た》べ、浜《はま》べに行《い》って、海水浴《かいすいよく》をするか砂浜《すなはま》で遊《あそ》ぶかするだけだから、ぼくらがつかれるわけがないし、だから、ベッドに入《はい》らなければならない理由《りゆう》もない。

お昼寝《ひるね》でたった一《ひと》ついいことは、宿舎《しゅくしゃ》へぼくらを監督《かんとく》にくるグループ・リーダーが、ぼくらがおとなしくしているように、いろんなお話《はなし》をしてくれることだ。とってもおもしろいんだよ。

「さてと」と、ぼくらのリーダーが言《い》った。「みんなベッドに入《はい》って。さあ、もうおしゃべりはやめること」
ぼくらはみんなそのとおりにしたけど、ベルタンだけがベッドの下《した》にもぐっていた。
「ベルタン！」と、ぼくらのリーダーが大《おお》きな声《こえ》で言《い》った。「ふざけるのは、いつもきみだ！そんなことじゃ、おどろかないぞ。きみは、このグループでいちばん手《て》におえないな！」

「ちがいます、リーダー」と、ベルタンが言《い》った。「ぼくは、ぼくのズックをさがしているんです」
　ベルタンはぼくの仲間《なかま》で、ほんとうにいたずら小僧《こぞう》だけど、ベルタンがいるとうんと楽《たの》しいんだ。

　ベルタンがほかのみんなとおなじようにベッドに入《はい》ると、リーダーがぼくらに、眠《ねむ》りなさい、ほかの宿舎《しゅくしゃ》のめいわくになるから、さわいではいけないよ、と言《い》った。

「お話《はなし》をして、リーダー！　お話《はなし》をして！」と、ぼくらはみんなでさけんだ。

　リーダーは一《ひと》つ大《おお》きなためいきをつき、よし、わかった、でもしずかにするように、とぼくらに言《い》った。

「むかしむかし」と、リーダーが話《はな》しはじめた。「あるとても遠《とお》い国《くに》に、とても善良《ぜんりょう》なイスラムの王様《おうさま》がいました。だけど、王様《おうさま》にはひとり、とてもわるがしこい大臣《だいじん》がいました……」

リーダーはそこで話《はなし》を切《き》って、ぼくらにきいた。

「ワジールって、なにか知《し》ってるかい？」

すると、ベルタンが手《て》を上《あ》げた。

「おや！　ベルタン、知《し》っているのかい？」と、リーダーが言《い》った。

「外《そと》に出《で》ていいですか、リーダー？」と、ベルタンがきいた。

リーダーはベルタンを、とんがった目《め》でにらみつけた。リーダーは、口《くち》の中《なか》にいっぱい空気《くうき》を吸《す》いこんでから、言《い》った。

「いいとも、外《そと》に出《で》てよろしい。だけど、すぐにもどるんだ」

それでベルタンは、外《そと》に出《で》て行《い》った。

それからリーダーは、ベッドのあいだを歩《ある》きながら、ぼくらにお話《はなし》のつづきをしてくれた。どっちかというとぼくは、カウボーイやネイティブ・アメリカンが出《で》てくる話《はなし》か、パイロットの話《はなし》のほうがすきなんだけどな。

リーダーがお話《はなし》をし、だれも物音《ものおと》を立《た》てなかったので、ぼくは両目《りょうめ》がとじてしまった。そしたらぼくはベルトの両《りょう》がわにすごい銀色《ぎんいろ》のピストルをさし、カウボーイの服《ふく》を着《き》て馬《うま》にのっていたんだ。ぼくは保安官《ほあんかん》で、ネイティブ・アメリカンがぼくらを攻《せ》めてくるところだった。するととつぜん、だれかがさけぶのが聞《き》こえた。

「みんな、見《み》ろよ！　鳥《とり》のたまごを見《み》つけたぞ！」

ぼくは、ガバッとベッドの上《うえ》におき上《あ》がった。片手《かたて》にたまごをもって宿舎《しゅくしゃ》に入《はい》ってくるベルタンのすがたが見《み》えた。

みんなベッドからおきて、見《み》に行《い》った。

「寝《ね》ていなさい！　みんな、昼寝《ひるね》をするんだ！」と、リーダーが口《くち》をとんがらせてさけんだ。

「これはなんのたまごだと思《おも》いますか、リーダー？」と、ベルタンがきいた。

でもリーダーはベルタンに、たまごなんかどうでもいい、そのたまごは見《み》つけたところに返《かえ》してきなさい、そしてベッドにもどりなさい、と言《い》ったので、ベルタンはたまごをもって、出《で》て行《い》った。

みんなすっかり目《め》をさましてしまったので、リーダーはぼくらに、お話《はなし》のつづきをはじめた。お話《はなし》はまあまあおもしろかった。王様《おうさま》が国民《こくみん》は自分《じぶん》のことをどう考《かんが》えているのかを知《し》ろうと、変装《へんそう》して宮殿《きゅうでん》の外《そと》へ出《で》て行《い》くんだけど、ものすごくわるがしこい大臣《だいじん》が、王様《おうさま》の留守《るす》を利用《りよう》して自分《じぶん》が王様《おうさま》になろうとするところが、とくにおもしろかった。そこでリーダーは話《はな》すのをやめて、

「それにしても、ベルタンのやつ、いったいなにをしているんだろう？」と言《い》った。

「ベルタンなら、ぼくがよんできます」と、クレパンが言《い》った。

「じゃあ、たのむ」と、リーダーが言《い》った。「でも、すぐに帰《かえ》るんだよ」

外《そと》に出《で》て行《い》ったクレパンが、すぐに走《はし》って帰《かえ》ってきた。

「リーダー！　リーダー！」と、クレパンがさけんだ。「木《き》にのぼったベルタンが、下《お》りられなくなったんです！」

リーダーが走《はし》って外《そと》に出《で》たので、ぼくらもみんな、あとについて外《そと》に出《で》た。もっとも、なにも知《し》らないでぐっすり眠《ねむ》っていたガルベールは、おこしてやらないといけなかったけどね。

ベルタンは、木《き》の高《たか》い枝《えだ》の上《うえ》にいて、ちょっとようすがおかしかった。

「あそこだ！　あんなところにいるぞ！」と、みんながベルタンを指《ゆび》さしてさけんだ。

「しずかに！」と、リーダーがどなった。「ベルタン、そんな高《たか》いところでなにをしているんだ？」

「だって！」と、ベルタンが答《こた》えた。「リーダーに言《い》われたから、たまごを、もとのところに返《かえ》しにきたんです。ぼくはたまごを、この巣《す》の中《なか》で見《み》つけたんです。でも、のぼるときに枝《えだ》が一本《いっぽん》折《お》れて、下《お》りられなくなっちゃったんです」

そしてベルタンは泣《な》き出《だ》した。ベルタンの泣《な》き声《ごえ》って、ものすごく大《おお》きいんだ。ベルタンが泣《な》くと、遠《とお》くからでも聞《き》こえる。それで、その木《き》のそばの宿舎《しゅくしゃ》から、べつのグループのリーダーが、とても腹《はら》を立《た》てたようすで出《で》てきた。

「このさわぎはきみのグループだな？」と、べつのグループのリーダーが、ぼくらのリーダーに言《い》った。「ぼくの子《こ》どもたちが、みんな目《め》をさましたじゃないか。さんざん苦労《くろう》して眠《ねむ》らせたばかりなのに」

「なんだ、それくらいのこと」と、ぼくらのリーダーが言《い》った。「ぼくなんか、木《き》の上《うえ》にひとりいるんだぞ、ほらあそこだ！」

べつのグループのリーダーは木《き》の上《うえ》を見《み》て、笑《わら》いはじめたけど、長《なが》くは笑《わら》っていられなかった。というのも、彼《かれ》のグループの子《こ》どもたちが全員《ぜんいん》、宿舎《しゅくしゃ》からとび出《だ》し、見物《けんぶつ》に集《あつ》まってきたからだ。木《き》のまわりは、黒山《くろやま》の人《ひと》だかりになった。

「みんなベッドにもどりなさい！」と、べつのグループのリーダーがさけんだ。「きみは、自分《じぶん》がなにをしたかわかっているのか？　子《こ》どもたちのめんどうを、ちゃんと見《み》てくれなきゃこまるじゃないか。言《い》いつけをまもらせることもできないなら、臨海学校《りんかんがっこう》のグループ・リーダーになるんじゃないよ！」

「よく言《い》ってくれるよ」と、ぼくらのグループ・リーダーがやり返《かえ》した。「きみの子《こ》どもたちも、ぼくの子《こ》どもたちとおなじように大《おお》さわぎしてるぜ！」

「そうとも」と、べつのグループのリーダーがどなった。「だけど、ぼくの子《こ》どもたちをおこしたのは、きみの子《こ》どもたちだぞ！」

「リーダー、ぼくを下《お》ろして！」と、ベルタンがさけんだ。

するとリーダーたちは、言《い》いあらそいをやめ、はしごをとりに走《はし》って行《い》った。

「木《き》の上《うえ》でうごけなくなるなんて、ばかまる出《だ》しだよな」と、べつのグループのひとりの子《こ》が言《い》った。

「きみには関係《かんけい》ないだろ？」と、ぼくが言《い》った。

「なんだと！」と、むこうのグループのべつの子《こ》が言《い》った。「きみたちのグループは、み

※こわいよう…

んなまぬけぞろいだ、だれでも知《し》ってるぞ！」

「もう一度《ど》言《い》ってみろ！」と、ガルベールが言《い》った。

そして、相手《あいて》がもう一度《ど》言《い》ったので、ぼくらはとっくみ合《あ》いをはじめた。

「おい、みんな！　おい、ちょっと待《ま》ってくれ！　ぼくを先《さき》に下《お》ろしてくれよ！」と、ベルタンがさけんだ。「おうい、みんな！」

そこへリーダーたちが、はしごをかかえて走《はし》ってもどってきたところへ、キャンプ場《じょう》の責任者《せきにんしゃ》のラトーさんも、なにごとがおこったのかとかけつけてきた。だれもかれもが大声《おおごえ》でさけび、それはもうおもしろかったんだよ。

でもリーダーたちは、そうとう頭《あたま》にきていた。だってベルタンは、ぼくらといっしょにひとあばれしたくって、リーダーたちがもどってくるのを待《ま》たずに、さっさとひとりで木《き》から下《お》りてきたんだもの。

「みんな、宿舎《しゅくしゃ》にもどりなさい！」と、ラトーさんが大声《おおごえ》で言《い》った。ラトーさんの声《こえ》は、ぼくらの学校《がっこう》の生徒指導《せいとしどう》の先生《せんせい》のブイヨンとおなじ声《こえ》だった。

それでぼくらは、お昼寝《ひるね》のために宿舎《しゅくしゃ》にもどった。

でも、お昼寝《ひるね》は、もうそんなに長《なが》くつづかなかった。すぐ集合《しゅうごう》の時間《じかん》になって、リーダーがぼくらを外《そと》に出《だ》したからだ。リーダーは、うれしそうな顔《かお》をしていた。ぼくは、リーダーもお昼寝《ひるね》がすきじゃないんだと思《おも》うな。

それからまた大《おお》さわぎになった。というのも、ベルタンがベッドで眠《ねむ》りこんでしまい、おきようとしなかったからなんだ。

ニコラへ

パパとママは、おまえがいい子《こ》にし、なんでも食《た》べ、

よく遊《あそ》ぶことをねがっています。お昼寝《ひるね》のことは、

ラトーさんの言《い》うとおりです。

おまえはからだを休《やす》めないといけないし、

晩《ばん》ごはんのあととおなじで、

昼《ひる》ごはんのあともじゅうぶんに眠《ねむ》らないといけないのよ。

もしほうっておくと、おまえが夜《よる》でも眠《ねむ》らずに

遊《あそ》びたがるのをパパとママはよく知《し》っています。

ラトーさんたちの言《い》うことをよくきいて、

いい子《こ》にしないといけません。

ところで、算数《さんすう》の問題《もんだい》のことだけど、

あのときパパには答《こた》えがわかっていたけど、パパは、

ニコラにひとりで答《こた》えを見《み》つけてほしかったから、

わざとわからないふりをしたと言《い》っていますよ……。

（両親《りょうしん》からニコラへの手紙《てがみ》の抜粋《ばっすい》）

Jeu de nuit

チョコレートをかけた夜《よる》のゲーム

きのうの夜《よる》、晩《ばん》ごはんのとき、キャンプ場《じょう》の責任者《せきにんしゃ》のラトーさんがグループ・リーダーたちを集《あつ》め、ときどきぼくらのほうを見《み》ながら、ひそひそ声《ごえ》で長《なが》いあいだ話《はなし》をしていた。そしてデザートのあとで――スグリのジャムはおいしかったよ――、ぼくらはすぐにベッドに入《はい》るように言《い》われた。

ぼくらのリーダーは、宿舎《しゅくしゃ》にぼくらのようすを見《み》にきて、からだの調子《ちょうし》はどうかときいて、早《はや》くぐっすり眠《ねむ》るんだよ、うんとからだをうごかすことになるんだからね、と言《い》った。

「なにをするの、リーダー?」と、カリクストがきいた。

「すぐわかるさ」とリーダーは言《い》い、ぼくらにおやすみと言《い》って、あかりを消《け》した。

ぼくは、今夜《こんや》のようすがいつもとちがうのがちゃんとわかっていたので、きっと眠《ねむ》れないだろうと思《おも》っていた。ベッドに入《はい》るまえに興奮《こうふん》すると、ぼくはいつも眠《ねむ》れなくなるんだ。

だから、さけび声《ごえ》とホイッスルの音《おと》を聞《き》いたとき、ぼくはすぐに目《め》をあけた。

「夜《よる》のゲームだ！　夜《よる》のゲームだよ！　夜《よる》のゲームに集合《しゅうごう》だ！」と、外《そと》でだれかがさけんでいた。

ぼくらはみんなベッドの上《うえ》におき上《あ》がったけど、ガルベールだけは、なんにも聞《き》こえず眠《ねむ》っていた。そして、こわくなったポーランは毛布《もうふ》をかぶって泣《な》いたけど、よく耳《みみ》をすますと、ポーランは「ううむ、ううむ、ううむ」

と、なにかつぶやいていたんだ。ぼくらはポーランのことをよく知《し》ってたから、ポーランがいつものように、パパとママのところに帰《かえ》りたいよう、と泣《な》いているのがわかった。

そのとき宿舎《しゅくしゃ》のドアがひらき、ぼくらのリーダーが入《はい》ってきて、あかりをつけ、すぐに服《ふく》を着《き》て夜《よる》のゲームに集合《しゅうごう》するように、そして寒《さむ》くないようにセーターを着《き》なさいと言《い》った。

すると毛布《もうふ》の下《した》から顔《かお》を出《だ》したポーランが、夜外《よるそと》に出《で》るなんてこわいよう、パパとママは一度《ど》もぼくを夜外《よるそと》に出《だ》さなかったよう、だからぼくは夜《よる》は外《そと》に出《で》ないよう、とさけび

はじめた。

「わかった」と、ぼくらのリーダーが言《い》った。「きみはここにのこってよろしい」

するとポーランはおき上《あ》がり、ひとりで宿舎《しゅくしゃ》にのこるのはこわいよう、パパとママがうらめしいようと言《い》いながら服《ふく》を着《き》て、いちばん早《はや》く外《そと》に出《で》たんだ。

ぼくらは、キャンプ場《じょう》の中央《ちゅうおう》に集合《しゅうごう》した。夜《よる》もすっかりふけて、あたりはまっくらだった。あかりがついていたけど、それでもあまりよく見《み》えなかった。

ラトーさんが、ぼくらを待《ま》っていた。

「さて、みなさん」と、ラトーさんがぼくらに言《い》った。「これから夜《よる》のゲームをやります。みなさんが大《だい》すきな会計係《かいけいがかり》のジュノさんが、旗《はた》をもって出《で》かけました。みなさんは、

ジュノさんを見《み》つけて、旗《はた》をキャンプ場《じょう》にもって帰《かえ》るんです。みなさんは、グループごとに行動《こうどう》します。旗《はた》をもち帰《かえ》ったグループは、ほかのグループよりもチョコレートをたくさんもらえます。

ジュノさんは、わたしたちがジュノさんを見《み》つけるためのヒントを、いくつかのこしていきました。いいですか、よく聞《き》いて。

『わたしは中国《ちゅうごく》へ出発《しゅっぱつ》した。そして、三《みっ》つの白《しろ》い大《おお》きな石《いし》の前《まえ》で……』

しずかにしないと、わたしの話《はなし》が聞《き》こえないだろう？」

ベルタンがホイッスルをポケットにしまうと、ラトーさんはお話《はなし》をつづけた。

「『……三《みっ》つの白《しろ》い大《おお》きな石《いし》の前《まえ》で、わたしは考《かんが》えをかえて、森《もり》の中《なか》に入《はい》った。でも、道《みち》にまよいたくないので、わたしは親指太郎《おやゆびたろう》のようにした。そして……』

これがさいごだぞ、ホイッスルを吹《ふ》くのをやめないか！」

「あっ、すみません、ラトーさん」と、グループ・リーダーのひとりが言《い》った。「もうお話《はなし》はおわったのかと思《おも》いましたので」

ラトーさんは一《ひと》つ大《おお》きなためいきをついて、言《い》った。

「よろしい。以上《いじょう》が、ジュノさんと旗《はた》を見《み》つけるためのヒントです。もしきみたちが創意《そうい》と洞察力《どうさつりょく》と自主性《じしゅせい》を発揮《はっき》すれば、ジュノさんも旗《はた》も、すぐに見《み》つかるでしょう。かならずグループごとに行動《こうどう》するように。いちばんかしこいグループが優勝《ゆうしょう》することになるでしょう。さあ、はじめ！」

するとグループ・リーダーたちは、ホイッスルをならして合図《あいず》した。だれもかれも、そこらじゅうを走《はし》りはじめたけど、だれもキャンプ場《じょう》からは出《で》ていかなかった。だって、どこに行《い》ったらいいのか、だれにもわからなかったんだもの。

みんなとても満足《まんぞく》だった。こんなふうに夜遊《よるあそ》ぶのは、ものすごい冒険《ぼうけん》なんだ。

「懐中電灯《かいちゅうでんとう》をとりに行《い》ってくる」と、カリクストがさけんだ。

だけどぼくらのリーダーは、カリクストを呼《よ》びとめた。

「ばらばらになってはいけない。どうやってさがしはじめるか、きみたちで話《はな》し合《あ》いたまえ。ほかのグループが、きみたちよりさきにジュノさんを見《み》つけてしまうのがいやだったら、いそいでやるんだ」と、リーダーが言《い》った。

でも、そのことについては、ぼくはあまり心配《しんぱい》していなかった。みんな、さけびながら走《はし》りまわっていたけど、まだひとりもキャンプ場《じょう》から外《そと》に出《で》て行《い》かなかったんだもの。

「いいかい」と、リーダーが言《い》った。「よく考《かんが》えるんだ。ジュノさんは中国《ちゅうごく》へ向《む》かって出《しゅっ》発《ぱつ》したと言《い》ったね。この東洋《とうよう》の国《くに》は、どの方角《ほうがく》にあるのかな?」

「ぼくは、中国《ちゅうごく》ののってる地図《ちず》をもってるよ」と、クレパンがぼくらに言《い》った。「ロザリーおばさんが、ぼくのお誕生日《たんじょうび》にくれたんだ。ぼくは自転車《じてんしゃ》のほうがよかったんだけど」

「ぼくは、家《いえ》にすごい自転車《じてんしゃ》をもってるぞ」と、ベルタンが言《い》った。

「競技用《きょうぎよう》のやつかい？」と、ぼくがきいた。

「ベルタンの話《はなし》なんか」と、クレパンが言《い》った。「ベルタンの話《はなし》なんか、うそっぱちさ！」

「じゃ、きみがくらったビンタ、あのビンタもうそっぱちかい？」と、ベルタンがきいた。

「中国《ちゅうごく》は東《ひがし》のほうにあるんだ！」と、グループ・リーダーがどなった。

「東《ひがし》って、どっちなの？」と、ひとりの子《こ》がきいた。

「あれ、リーダー」と、カリクストがさけんだ。この子《こ》は、ぼくらのグループじゃないよ！

こいつはスパイだ！」

「ぼくはスパイじゃない」と、その子《こ》もさけんだ。「ぼくは、エグル（ワシ）・グループなんだ。エグル・グループは、臨海学校《りんかいがっこう》でいちばん優秀《ゆうしゅう》なグループなんだぞ！」

「わかった、わかった」と、ぼくらのリーダーが言《い》った。「自分《じぶん》のグループにもどりなさい」

「ぼくのグループがどこにいるのか、わからないんだ」と言《い》って、その子《こ》は泣《な》きはじめた。

こいつはまぬけだな、こいつのグループが遠《とお》くに行《い》ってるはずはないんだ。だって、まだひとりもキャンプ場《じょう》を出《で》た者《もの》はいないんだから。

「太陽《たいよう》は」と、ぼくらのグループ・リーダーが言《い》った。「どっちからのぼる?」

「太陽《たいよう》は、ガルベールのほうからのぼるよ。ガルベールのベッドは窓《まど》のそばにあるんだ。太陽《たいよう》がまぶしくて目《め》がさめちゃうと、もんくを言《い》ってたもの」と、ジョナースが言《い》った。

「たいへんです! リーダー」と、クレパンがさけんだ。「ガルベールがいません!」

「ほんとだ」と、ベルタンが言《い》った。「ガルベールは、まだ寝《ね》てるんだ。ものすごく眠《ねむ》るからな、ガルベールは。ぼくが行《い》って、つれてくるよ」

「早《はや》くしなさい!」と、リーダーがさけんだ。

走《はし》って行《い》ったベルタンは、ガルベールは眠《ねむ》いのできたがらない、と言《い》いながらもどってきた。

「まったくしようのないやつだ」と、リーダーが言《い》った。「こんなことをしてると、ぼくらは時間《じかん》をうんと損《そん》するぞ!」

でも、まだひとりもキャンプ場《じょう》から外《そと》に出《で》ていなかったので、大《たい》した損《そん》ではなかった。

それから、キャンプ場《じょう》のまん中《なか》に立《た》っていたラトーさんが、大声《おおごえ》で言《い》った。

「ちょっと、しずかに！　グループ・リーダーは合図《あいず》をしなさい！　グループごとに集合《しゅうごう》させて、夜《よる》のゲームをはじめるんだ！」

ところが、これがひと仕事《しごと》だった。だって暗《くら》がりの中《なか》で、ぼくらはあちこちのグループとまざり合《あ》っていたんだ。ぼくらのところには、〈エグル〉の子《こ》がひとり、〈ブラーブ（勇者《ゆうしゃ》）〉がふたりまじっていた。ポーランが〈スー族《ぞく》〉のグループにいるのはすぐにわかった。ポーランの泣《な》き方《かた》を、ぼくらはよく知《し》っていたからだ。カリクストは〈トラプール（毛皮《けがわ》猟師《りょうし》）〉・グループにスパイに行《い》ってたけど、このグループは自分《じぶん》たちのリーダーをさがしていた。みんなが大笑《おおわら》いしたので、へまをしたと思《おも》ったカリクストは、ものすごい声《こえ》で泣《な》きはじめた。

「夜《よる》のゲームは中止《ちゅうし》する！」と、ラトーさんがどなった。「グループは、それぞれの宿舎《しゅくしゃ》にもどりなさい！」

これはすぐにできたんだ。だって、さいわいなことに、まだだれもキャンプ場《じょう》の外《そと》へ出《で》ていなかったからね。

つぎの日《ひ》の朝《あさ》、ぼくらは、旗《はた》をもったジュノさんがオレンジ畑《ばたけ》の農場主《のうじょうぬし》の車《くるま》で帰《かえ》ってくるのを見《み》た。あとで聞《き》いたんだけど、ジュノさんは、松林《まつばやし》の中《なか》にかくれていたんだって。それで、しばらくして雨《あめ》が降《ふ》りはじめたとき、もうぼくらを待《ま》ちくたびれてキャンプ場《じょう》に帰《かえ》ろうとしたけど、林《はやし》の中《なか》で道《みち》にまよい、水《みず》のたまったみぞの中《なか》に落《お》っこちたんだ。それで大声《おおごえ》を上《あ》げたら、それを聞《き》きつけた農場《のうじょう》の犬《いぬ》たちがさわぎ出《だ》し、農場主《のうじょうぬし》がジュノさんを見《み》つけ、農《のう》場《じょう》につれて行《い》き、服《ふく》をかわかして、ひと晩《ばん》とめてくれたんだって。

ぼくらは、その農場主《のうじょうぬし》がごほうびのチョコレートをもらったかどうか、とうとうわからなかった。でもとにかく、その農場主《のうじょうぬし》には、チョコレートをもらう権利《けんり》があるはずだよ！

〈釣《つ》りには、あきらかに鎮静《ちんせい》作用《さよう》がある……〉
ある雑誌《ざっし》に出《で》ていた、このことばが、
ウユ・ド・ランクス・グループの若《わか》きリーダー、
ジェラール・レトゥフに強烈《きょうれつ》な印象《いんしょう》をあたえた。
それでジェラールは、おだやかな波間《なみま》にうかぶ
十二のウキを食《く》い入《い》るように見《み》つめて微動《びどう》だにしない、
十二人《にん》の子《こ》どもたちを夢《ゆめ》みつつ、
甘美《かんび》な一夜《や》をすごしたのだが……。

La soupe de poisson

魚《さかな》のスープ

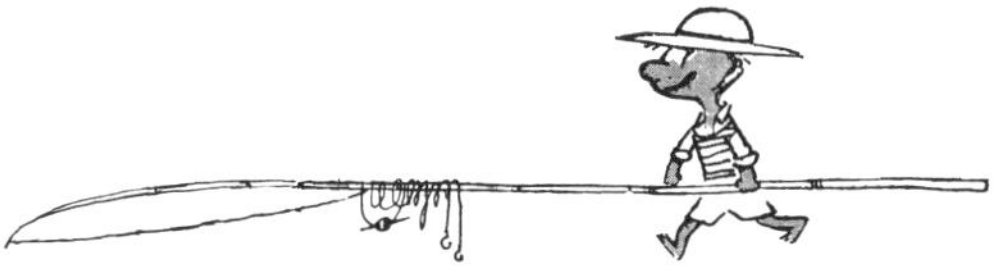

けさ、ぼくらのグループ・リーダーが宿舎《しゅくしゃ》に入《はい》ってきて、ぼくらに、

「さあ、みんな！　きょうは、ほかのグループと海水浴《かいすいよく》に行《い》くのはやめて、釣《つ》りに行《い》くというのはどうかな？」ときいた。

「さんせい！」とぼくらは、全員《ぜんいん》が声《こえ》をそろえてこたえた。ほとんど全員《ぜんいん》というのが正《ただ》しいかもしれない。というのも、ポーランはだまっていたからだ。ポーランはいつも、なにかを警戒《けいかい》して、すぐにパパとママのところに帰《かえ》りたがるんだ。ガルベールも、なにも言《い》わなかった。ガルベールはまだ眠《ねむ》っていたんだ。

「よし」と、リーダーが言《い》った。「じつは、ぼくはもうコックさんに言《い》ってきたんだ。お昼《ひる》には、ぼくらが魚《さかな》をもっ

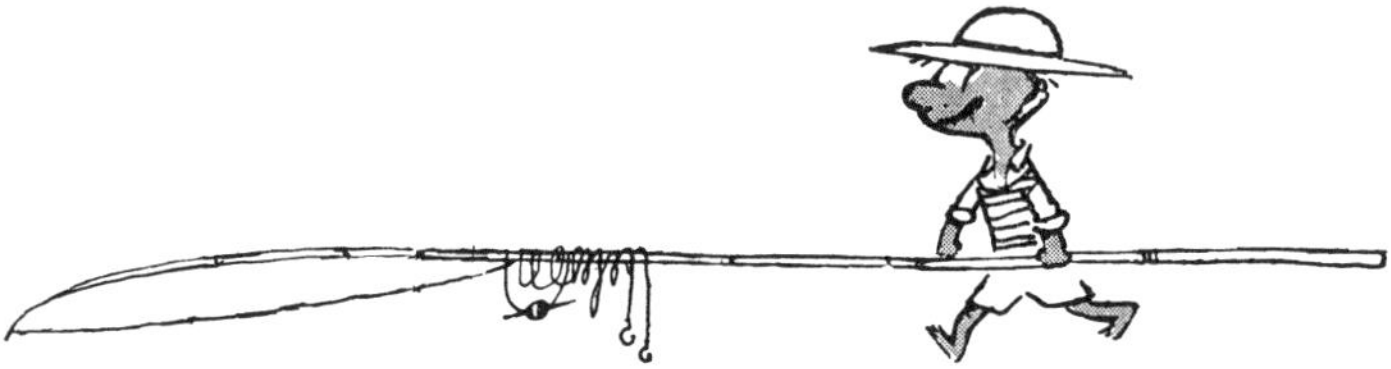

て帰《かえ》りますってね。キャンプの全員《ぜんいん》に、魚《さかな》のスープを食《た》べさせてあげるんだ。そうすれば、ほかのグループはウユ・ドランクス・グループがいちばん優秀《ゆうしゅう》なグループなんだと思《おも》い知《し》るぞ。ウユ・ド・ランクス・グループのために……ばんざい、ばんざい！」

「やるぞ！」と、ガルベールをのぞいた全員《ぜんいん》がさけんだ。

「じゃ、ぼくらの合《あい》ことばは……？」と、リーダーがきいた。

「がんばろう《クラージュ》！」と、みんながさけんだ。そこでやっと、ガルベールが目《め》をさましたんだ。

集合《しゅうごう》がおわり、ほかのグループが浜《はま》べに行《い》ってしまうと、キャンプ場《じょう》の責任者《せきにんしゃ》のラトーさんがぼくらに、釣《つ》りざおと、ミミズがいっぱいの古《ふる》い箱《はこ》を一《ひと》つ貸《か》してくれた。

「あんまりおそくならないでおくれ、スープを作《つく》る時間《じかん》がなくなるからね」と、コックさんが笑《わら》いながら言《い》った。

ぼくらは、いつもにこにこしているこのコックさんが大《だい》すきだ。ぼくらがキッチンをのぞきに行《い》くと、コックさんは大声《おおごえ》で、「そこにきたのは、ものもらいのちびちゃんたちだな！　よし、わしがこの大《おお》きな玉《たま》じゃくしで、おまえたちを追《お》っぱらってやるぞ！　さあ、見《み》ていろ！」と言《い》って、ぼくらにビスケットをくれるんだ。

ぼくらは、釣《つ》りざおとミミズをもって出発《しゅっぱつ》した。そして、さんばしのいちばん先《さき》っちょにやってきた。

そこでは、白《しろ》い小《ちい》さな帽子《ぼうし》をかぶった、ふとったおじさんが、ひとりで釣《つ》りをしていたけど、ぼくらを見《み》るとちょっといやな顔《かお》をした。

「魚《さかな》をつるには」と、ぼくらのリーダーが言《い》った。「なによりもまず、しずかにすること。音《おと》を立《た》てたら、魚《さかな》はびっくりして、逃《に》げてしまうんだ。むちゃもしないこと。だれかが海《うみ》に落《お》ちるのを見《み》るのはごめんだからね！　グループはかたまっていること！　岩場《いわば》に下《お》りることは禁止《きんし》！　釣《つ》り針《ばり》でけがをしないように、よく気《き》をつけること！」

「おいきみ、まだおわらないのかい？」と、ふとったおじさんがきいた。

「なんですか？」と、ぼくらのリーダーはびっくりしてきいた。

「イタチのように吠《ほ》えるのを、もうやめてくれんかと、たのんどるんだよ」と、ふとったおじさんが言《い》った。「あんたみたいにどなったら、クジラだって逃《に》げちまうからな！」

「こんなところにクジラがいるの？」と、ベルタンがきいた。

「クジラがいるんだったら、ぼくは帰《かえ》る！」と、ポーランがさけんだ。そして、こわいよう、パパとママのところに帰《かえ》りたいよう、と言《い》いながら泣《な》きはじめた。

でもポーランは帰《かえ》らなかった。帰《かえ》ったの

は、ふとったおじさんのほうで、これはぼくらに好都合《こうつごう》だった。だって、ないしょの話《はなし》だけど、これでぼくらのじゃまをする人《ひと》はひとりもいなくなったんだもの。

「きみたちの中《なか》で、釣《つ》りをしたことのある人《ひと》は？」と、リーダーがきいた。

「はい」と、アタナーズが答《こた》えた。「去年《きょねん》の夏《なつ》、ぼくはこんな魚《さかな》をつりました！」

アタナーズは、両手《りょうて》をいっぱいにひろげて見《み》せた。ぼくらは、笑《わら》った。だって、アタナーズはうそつきで、ぼくたちの中《なか》でもいちばんの大《おお》うそつきと言《い》っていいくらいなんだから。

「きみはうそつきだ」と、ベルタンがアタナーズに言《い》った。

「きみこそ、やっかみやのまぬけだ」と、アタナーズがやり返《かえ》した。「ぼくの魚《さかな》は、こんなだったんだ！」

そう言《い》ってアタナーズが両手《りょうて》をひろげているあいだに、ベルタンがアタナーズの顔《かお》をパチンとたたいた。

「やめるんだ、ふたりとも。言《い》うことをきかないと、魚釣《さかなつ》りをさせないぞ！　わかったか？」とリーダーがどなったので、アタナーズとベルタンはおとなしくなったけど、それでもアタナーズは、ぼくのつる魚《さかな》を見《み》たらうそじゃないことがわかるさ、と言《い》うし、ベルタンはベルタンで、ぼくのつる魚《さかな》がみんなの中《なか》でいちばん大《おお》きいぞ、と言《い》っていた。

リーダーはぼくらに、ミミズのつけ方《かた》を教《おし》えてくれた。

「とくに、針《はり》でけがをしないように気《き》をつけること！」と、リーダーは言《い》った。

ぼくらはみんな、リーダーのようにやろうとしたけど、なかなかうまく行《い》かなくて、リーダーに手《て》つだってもらわなくてはならなかった。ミミズがこわくてしかたのないポーラ

ンは、ミミズがかみつかないかって、きくんだよ。ミミズを針《はり》につけると、ポーランはすぐに、大《おお》いそぎで釣《つ》り糸《いと》を海《うみ》に投《な》げたけど、それは、ミミズをできるだけ遠《とお》くにやるためだったんだ。

ぼくらはみんな海《うみ》に釣《つ》り糸《いと》をたれたけど、アタナーズとベルタンは、おたがいの糸《いと》をもつれさせてしまっていたし、ガルベールとカリクストは、さんばしの上《うえ》でミミズの競走《きょうそう》にむちゅうになっていた。

「ウキをよく見《み》るんだ！」と、リーダーが言《い》った。

ぼくらはウキをじっとにらんでいたけど、ウキはぜんぜんうごかなかった。するとポーランが大《おお》きな声《こえ》を出《だ》した。そして釣《つ》りざおを上《あ》げると、糸《いと》の先《さき》に魚《さかな》がいたんだ。

「魚《さかな》だ！」と、ポーランがさけんだ。「ママぁ！」

ポーランはそう言《い》って釣《つ》りざおをはなしたので、釣《つ》りざおは岩場《いわば》に落《お》ちてしまった。リーダーは、やれやれというふうに顔《かお》に手《て》をあて、泣《な》いているポーランをにらみつけたけど、

「ここで待《ま》っていなさい、ぼくはこの……このぶちこわしくんの釣《つ》りざおをひろってくるから」と言《い》って、岩場《いわば》に下《お》りて行《い》った。

とてもすべりやすいので、岩場《いわば》に下《お》りるのは危険《きけん》なんだ。クレパンがリーダーを手《て》つだおうとして岩場《いわば》に下《お》り、足《あし》をすべらせ、海《うみ》に落《お》ちて、大《おお》さわぎになったことをのぞけば、なにもかもうまく行《い》った。リーダーはすぐにクレパンをたすけ上《あ》げたけど、そのときリーダーがすごいさけび声《ごえ》を上《あ》げたので、ずっと遠《とお》くの浜《はま》べにいる人《ひと》たちが立《た》ち上《あ》がってこっちを見《み》てるのが見《み》えた。

リーダーがポーランに釣《つ》りざおを返《かえ》したとき、糸《いと》の先《さき》に、もう魚《さかな》はついてなかった。ポーランはほんとうにうれしそうだった。というのは、糸《いと》の先《さき》にはミミズもついていなかっ

たからね。ポーランは、針《はり》にミミズをつけなくていいと言《い》われて、ようやく釣《つ》りをつづけることになった。

最初《さいしょ》に魚《さかな》をつったのは、ガルベールだった。その日《ひ》はガルベールの日《ひ》だった。さっきはミミズの競走《きょうそう》で勝《か》ったし、こんどは魚《さかな》を一番《いちばん》につり上《あ》げたんだから。

みんなで見《み》に行《い》ったけど、魚《さかな》はそんなに大《おお》きくなかった。でもガルベールは鼻《はな》たかだかで、リーダーもガルベールに、おめでとうと言《い》った。するとガルベールは、ぼくはもう魚《さかな》をつったからおしまいにすると言《い》って、さんばしの上《うえ》にねころがり、眠《ねむ》ってしまった。

二ひきめの魚《さかな》は、だれがつったと思《おも》う？　ぼくなんだ！　すばらしい魚《さかな》だよ！　ほんとにすごいんだ！　ガルベールの魚《さかな》より、ほんのすこし小《ちい》さかったけど、ぼくの魚《さかな》もなかなかだった。

ただざんねんなのは、ぼくの魚《さかな》を針《はり》からはずすときに、リーダーが針《はり》で指《ゆび》をけがしてしまったことだ（こう言《い》うとへんだけど、ぼくは、リーダーがけがをしそうな予感《よかん》がしたんだ）。そのあとリーダーが、もう帰《かえ》る時間《じかん》だと言《い》ったのは、たぶん指《ゆび》をけがしたせいなんだ。

アタナーズとベルタンは、まだもつれた釣《つ》り糸《いと》がほどけないと抗議《こうぎ》したけど、むだだった。コックさんに魚《さかな》をわたすときは、ぼくらもすこしバツがわるかった。だって、キャンプじゅうの人《ひと》のスープを作《つく》るのに、魚《さかな》がたったの二ひきでは、ちょっと少《すく》なすぎるんだもの。だけど、コックさんはカラカラと笑《わら》って、ぼくらに、よくやった、百点《てん》だと言《い》った。これだけあれば、じゅうぶんだって。それからごほうびに、ぼくらにビスケットをくれたんだ。

それにしても、コックさんて、すてきな人《ひと》なんだ！　スープはとてもおいしかったし、ラトーさんが、「ウユ・ド・ランクス・グループ、ばんざい、ばんざい……」とさけぶと、みんなが「すごいぞ！」って言《い》ってくれたんだ。

あとで、ぼくがコックさんに、どうしてスープの魚《さかな》があんなに大《おお》きくて、あんなにたくさんになったのかききに行《い》くと、コックさんは大笑《おおわら》いをして、魚《さかな》はスープに煮《に》ると大《おお》きくなるのさ、と説明《せつめい》してくれた。そしてコックさんは（とってもいい人なんだ）、ぼくにジャムパンをくれたんだよ！

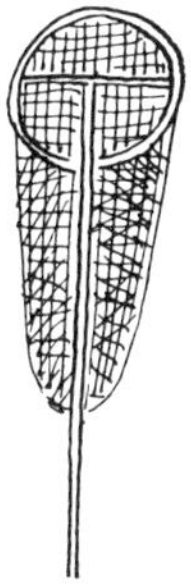

拝啓《はいけい》

クレパンはとても元気《げんき》です。わたくしどもがお子《こ》さんに

満足《まんぞく》しておりますことをおつたえするのは、

わたくしのよろこびとするところです。

お子《こ》さんは完璧《かんぺき》に順応《じゅんのう》し、友《とも》だちともなかよくしています。

ときどきですが、お子《こ》さんは〈もうれつに〉

（このような言《い》い方《かた》をおゆるしください）

遊《あそ》ぶ傾向《けいこう》があります。お子《こ》さんは仲間《なかま》たちに、

自分《じぶん》が一人前《いちにんまえ》の男《おとこ》であり、リーダーなのだと、

みとめさせたいのです。

自主性《じしゅせい》という点《てん》で、ぬきん出《で》ているクレパンは、

仲間《なかま》たちにひじょうに強烈《きょうれつ》な影響力《えいきょうりょく》をもっていますので、

ほかの子《こ》どもたちも知《し》らず知《し》らずのうちに、

お子《こ》さんの落《お》ちついた態度《たいど》に感心《かんしん》するようになるのです。

みなさまが当地《とうち》をお通《とお》りのおり、

キャンプにお立《た》ちよりくだされば、

とてもうれしくぞんじます……。

（ラトー氏《し》からクレパンの両親《りょうしん》への手紙《てがみ》の抜粋《ばっすい》）

Crépin a des visites
クレパンに面会《めんかい》だ

ぼくのいる臨海学校《りんかいがっこう》、ブルー・キャンプは、とてもいいところだ。仲間《なかま》がたくさんいて、みんなものすごくゆかいなんだ。たった一《ひと》つたりないのは、パパとママがここにはいないことだ。

そうさ！　もちろん、パパやママたちとぼくらは、たくさんの手紙《てがみ》をやりとりしたよ。ぼくらは、なにをしているかとか、いい子《こ》だと言《い》われたとか、よく食《た》べているとか、楽《たの》しんでいるとか、パパやママをとても強《つよ》くだきしめるとか書《か》いたし、パパやママは、よく言《い》うことをききなさいだの、なんでも食《た》べなさいだの、からだに気《き》をつけなさいだの、ほっぺにうんとキスをしますだの、返事《へんじ》をくれた。でもやっぱり手紙《てがみ》は、ぼくらのパパやママたちがほんとうにいるというのとおなじじゃないんだ。

クレパンがとってもついてたのは、こういうわけだ。ぼくらがお昼《ひる》ごはんを食《た》べようと席《せき》についたとき、キャンプ場《じょう》の責任者《せきにんしゃ》のラトーさんが、顔《かお》じゅうにこにこさせながら入《はい》ってきて、言《い》ったんだ。

「クレパン、きみをびっくりさせることがある。きみのパパとママが面会《めんかい》に見《み》えたんだよ」

それで、ぼくらは外《そと》へ見《み》に行《い》った。クレパンはママの首《くび》にとびつき、それからパパの首《くび》にとびつき、ふたりにキスをした。クレパンのパパとママはクレパンに、大《おお》きくなったね、よく日《ひ》にやけたね、と言《い》った。クレパンは、電気機関車《でんききかんしゃ》をもってきてくれた？ときき、三人《にん》はとてもうれしそうに顔《かお》を見合《みあ》わせていた。

それからクレパンは、パパとママに言《い》った。

「ほら、これが友《とも》だちだよ。これはベルタン、これがニコラ、それからガルベール、それからポーランとアタナーズ、それにほかのみんなも仲間《なかま》で、この人《ひと》がぼくらのグループ・リーダーだよ。そして、あれがぼくらの宿舎《しゅくしゃ》。あのね、きのうぼくは、エビをどっさりとったんだよ」

「お昼《ひる》をごいっしょにいかがですか？」と、ラトーさんがきいた。

「おじゃまではありませんか」と、クレパンのパパが言《い》った。「わたしどもは、通《とお》りがかりによっただけですので」

「おもしろそうね。この子《こ》たちがなにをいただいているのか、見《み》せていただきたいわ」と、クレパンのママが言《い》った。

「どうぞ、どうぞ、よろこんでご案内《あんない》させていただきます」と、ラトーさんが言《い》った。「二人前追加《にんまえついか》するように、コックに知《し》らせにやりましょう」

それでぼくらは、みんな食堂《しょくどう》にもどった。

クレパンのパパとママは、会計係《かいけいがかり》のジュノさんといっしょにラトーさんのテーブルにすわった。クレパンはぼくらといっしょだった。クレパンはぼくらに、パパの車《くるま》を見《み》たかときいた。クレパンはもう鼻《はな》たかだかで、ぼくらに、パパの車《くるま》を見《み》たかときいた。ラトーさんはクレパンのママとパパに、キャンプのだれもがクレパンにはひじょうに満足《まんぞく》していること、クレパンは自主性《じしゅせい》があり活発《かっぱつ》なことを話《はな》した。そして、みんなで食事《しょくじ》をはじめたんだ。

「いや、これはおいしい！」と、クレパンのパパが言《い》った。

「質素《しっそ》ですが、からだによいものがたっぷりです」と、ラトーさんが言《い》った。

「ソーセージの皮《かわ》をちゃんととるのよ、わたしの大《おお》きなうさぎちゃん。それに、よくかんでね！」と、クレパンのママがクレパンに、大《おお》きな声《こえ》で言《い》った。

ところがクレパンは、ママにそう言《い》われたのが気《き》に入《い》らなかったんだ。たぶんクレパンは、もう皮《かわ》ごとソーセージを食《た》べてたからで、食《た》べることに関《かん》しては、たしかにクレパン

はおそろしいほど活発《かっぱつ》なんだ。

それから魚《さかな》が出《で》た。

「ラ・コスタ・ブラヴァでわたしたちがとまったホテルのものより、ずっとおいしい」と、クレパンのパパが言《い》った。「あそこのは、油《あぶら》がね……」

「骨《ほね》があるわ！　わたしの大《おお》きなうさぎちゃん、骨《ほね》に気《き》をつけなさい！」と、クレパンのママが、また大《おお》きな声《こえ》で言《い》った。「いつか家《いえ》で、骨《ほね》がつかえて泣《な》いたのをおぼえているでしょ！」

「ぼくは泣《な》いてない」とクレパンは言《い》ったけど、クレパンの顔《かお》はまっかで、前《まえ》よりずっと日《ひ》やけしたみたいだった。

デザートになって、クリームが出《で》た。とてもおいしかった。そのあとでラトーさんが言《い》った。

「わたしたちはいつも、食事《しょくじ》のあとで歌《うた》をうたうことにしています」

そしてラトーさんは席《せき》を立《た》って、ぼくらに言《い》った。

「注目《ちゅうもく》！」

ラトーさんが両腕《りょううで》をうごかすと、ぼくらはまず、〈どんな道《みち》にも石《いし》ころがある〉をうたった。それから、〈小《ちい》さな船《ふね》〉をうたったけど、これは小《ちい》さな難破船《なんぱせん》の歌《うた》で、だれが犠牲《ぎせい》者《しゃ》になるか、くじびきで決《き》めるという歌《うた》なんだ。クレパンのパパが、とても楽《たの》しそうなようすで、ぼくらの歌《うた》にくわわった。クレパンのパパの声《こえ》はすごかった。

それがおわると、クレパンのママが言《い》った。
「うさぎちゃん、〈ちっちゃなブランコ〉をうたってちょうだいな！」
そしてクレパンのママはラトーさんに、クレパンがまだ小《ちい》さかったとき、それはクレパンの

パパがクレパンのみごとな巻《ま》き毛《げ》の長《なが》い髪《かみ》を男《おとこ》の子《こ》らしくみじかくしようと言《い》い出《だ》す前《まえ》の、まだこの子《こ》がほんとに小《ちい》さかったころ、うたった歌《うた》だと説明《せつめい》した。

　でも、クレパンは、うたいたがらなかった。クレパンが、もうその歌《うた》はわすれたと言《い》ったら、クレパンのママは、いっしょにうたってあげましょう、と言《い》った。

「さあ、ほら、ちっちゃなブランコ……」

　でも、それでもクレパンはうた

いたがらなかった。クレパンがふくれっつらをしたので、ベルタンは笑《わら》い出《だ》した。すると
ラトーさんが、これでおしまいにしましょうと言《い》った。
ぼくらは食堂《しょくどう》を出《で》た。するとクレパンのパパが、ぼくらがいつもこの時間《じかん》になにをして
いるのか、きいた。
「みんなはお昼寝《ひるね》をしています」と、ラトーさんが言《い》った。「これは規則《きそく》です。子《こ》どもた
ちには、からだを休《やす》めてリラックスすることが必要《ひつよう》ですから」
「なるほど、ごもっとも」と、クレパンのパパが言《い》った。
「ぼくはお昼寝《ひるね》をしたくない」と、クレパンが言《い》った。「パパとママといっしょにいたい
よう！」
「わかってるわ、わたしの大《おお》きなうさぎちゃん」と、クレパンのママが言《い》った。「きょうは、
ラトーさんも特別《とくべつ》にゆるしてくださるわ」
「クレパンがお昼寝《ひるね》をしないなら、ぼくもやらない！」と、ベルタンが言《い》った。
「きみがお昼寝《ひるね》をしなくても、ぼくには関係《かんけい》ないや」と、クレパンがやり返《かえ》した。「とに

かく、ぼくはお昼寝《ひるね》をしないんだ！」

「どうして、きみだけがお昼寝《ひるね》をしなくていいの？」と、アタナーズがきいた。

「そうとも」と、カリクストが言《い》った。「もしクレパンがお昼寝《ひるね》をしないなら、だれもお昼寝《ひるね》をしないぞ！」

「なんで、ぼくがお昼寝《ひるね》をしてはいけないんだよ？」と、ガルベールがきいた。「ぼくは眠《ねむ》いんだ。それに、ぼくにはお昼寝《ひるね》をする権利《けんり》がある、たとえこのばかがお昼寝《ひるね》をしなくてもだ！」

「きみはぶたれたいのか？」と、カリクストが言《い》った。

するとラトーさんは、きゅうにおこった顔《かお》になって、言《い》った。

「しずかに！　全員《ぜんいん》、お昼寝《ひるね》をしなさい！　さあ、この話《はなし》はこれっきりだ！」

するとクレパンはさけび出《だ》し、手足《てあし》をバタバタさせて泣《な》きはじめた。これには、ぼくらもおどろいた。こんなことをするのはポーランと決《き》まっていたからだ。ポーランは、パパやママのところに帰《かえ》りたいよう、としょっちゅう泣《な》いてるやつだけど、このときはポーランは、なにも言《い》わなかった。きっとポーランは、ほかの子《こ》が泣《な》くのを見《み》て、ほんとうにびっくりしたんだ。

クレパンのパパは、とてもこまったようすだった。

「いずれにしても」と、クレパンのパパが言《い》った。「わたしたちはもう出《で》かけないと、今《こん》夜《や》のうちに予《よ》定《てい》のところまで行《い》きたいので……」

クレパンのママは、そうね、そうしましょうと言《い》って、クレパンにキスをし、こまごまと注《ちゅう》意《い》をあたえ、たくさんおもちゃを買《か》ってあげると約《やく》束《そく》をしたあと、ラトーさんにさよならを言《い》った。

「このキャンプは、とてもすてきでしたわ」と、クレパンのママが言《い》った。「一《ひと》つ気《き》がついたのですが、パパやママとはなれていると、子《こ》どもたちはすこし神《しん》経《けい》質《しつ》になるのね。ですから、親《おや》たちが定《てい》期《き》的《てき》に子《こ》どもたちに会《あ》いにくるようにすればいいと思《おも》うんですよ。そうすれば子《こ》どもたちの心《こころ》もやすまるし、家《か》庭《てい》的《てき》なふんいきができて、子《こ》どもたちの心《こころ》のバランスもよくなるでしょうから」

それからぼくらはみんな、お昼寝《ひるね》をしに行《い》った。クレパンも、もう泣《な》いていなかった。そして、もしベルタンがクレパンに「うさぎちゃん、〈ちっちゃなブランコ〉をうたってちょうだいな」と言《い》わなかったら、ぼくらがみんなでとっくみ合《あ》いの大さわぎをすることもなかった、とぼくは思《おも》うんだよ。

バカンスがおわった。臨海学校《りんかいがっこう》を去《さ》る日《ひ》がきた。

もちろん、それは悲《かな》しいことだが、

両親《りょうしん》が自分《じぶん》たちを見《み》れば大《おお》よろこびするだろうと考《かんが》えて、

子《こ》どもたちはみずからをなぐさめた。

出発《しゅっぱつ》を前《まえ》に、盛大《せいだい》なブルー・キャンプお別《わか》れ会《かい》がひらかれ、

各《かく》グループが、それぞれきたえた技《わざ》のおひろめをおこなった。

ニコラのグループは人間《にんげん》ピラミッドをつくり、

パーティをしめくくった。

ピラミッドのてっぺんに立《た》った若《わか》き体操選手《たいそうせんしゅ》のひとりが

ウユ・ド・ランクス・グループの旗《はた》をふり、

全員《ぜんいん》で合《あい》ことばをさけんだ。「がんばろう《クラージュ》！」と。

お別《わか》れのときにも、子《こ》どもたちはがんばった。

ひとりポーランだけが泣《な》いた。

彼《かれ》は、キャンプにのこりたいよう、とさけんで泣《な》いた。

Souvenirs de vacances
バカンスの思《おも》い出《で》はほろ苦《にが》い

ぼくは、バカンスをおえて家《いえ》に帰《かえ》った。ぼくは臨海学校《りんかいがっこう》に入《はい》ってたんだけど、あそこはとてもよかった。

ぼくらの汽車《きしゃ》が駅《えき》につくと、みんなのパパとママが、ぼくらを待《ま》っていた。ものすごいさわぎだった。だれもかれもがさけんでいたし、まだパパやママに会《あ》えないで泣《な》いている子《こ》もいた。でも、ほかの子《こ》たちは笑《わら》っていた。その子《こ》たちはパパやママに会《あ》えたからだ。

ぼくらを引率《いんそつ》してきたグループ・リーダーたちが、ぼくらを整列《せいれつ》させようとホイッスルを吹《ふ》くと、駅員《えきいん》さんが、グループ・リーダーたちにホイッスルを吹《ふ》かせないようにするために、ホイッスルを吹《ふ》いた。グループ・リーダーたちのホイッスルで汽車《きしゃ》が発車《はっしゃ》してしまうんじゃないかと心配《しんぱい》したんだ。

それからぼくは、パパとママを見《み》つけた。すると、人《ひと》にはとても言《い》えないぐらいに、ものすごくうれしくなった。ぼくはママの腕《うで》の中《なか》にとびこみ、それからパパの腕《うで》の中《なか》にとびこみ、パパとママにキスをした。

パパとママはぼくに、大《おお》きくなったね、よく日《ひ》にやけたね、と言《い》った。ママの両目《りょうめ》はうるんでたし、パパは、「おやおや」と言《い》いながら、にこにこ笑《わら》ってぼくの髪《かみ》を手《て》でなでてくれた。それでぼくは、ぼくのバカンスのことをパパとママに話《はな》しはじめた。ところが、駅《えき》を出《で》てみたら、パパはぼくのスーツケースをどこかになくしていたんだ。

ぼくは、家《いえ》に帰《かえ》ってうれしかった。家《いえ》の中《なか》は、いいにおいがする。おもちゃがぜんぶそろっている、ぼくの部屋《へや》！　ママはお昼《ひる》ごはんのしたくに行《い》ったけど、これがまたすごいんだ。臨海学校《りんかいがっこう》でもうんと食《た》べたけど、ママはだれよりも料理《りょうり》がじょうずなんだよ。たとえ作《つく》り方《かた》をまちがえたケーキでも、これまでに食《た》べたどんなものより、ずっとおいしいんだ。

パパはひじかけいすにすわって新聞《しんぶん》を読《よ》んでいたので、ぼくはパパにきいた。

「これからぼくは、なにをすればいいの?」

「わからんね、わたしには」と、パパが言《い》った。「おまえは旅《たび》でつかれているだろうから、部屋《へや》で休《やす》んできなさい」

「でも、ぼくはつかれてない」と、ぼくは言《い》った。

「それじゃ、遊《あそ》んでおいで」と、パパ。

「だれと?」と、ぼく。

「だれとだって? まったくなんという質問《しつもん》なんだ!」と、パパが言《い》った。「だれとでもいいと思《おも》うがね」

「ぼくひとりじゃ遊《あそ》べないよ」と、ぼくは言《い》った。「こんなのひどいや。臨海学校《りんかいがっこう》には友《とも》だちが大《おお》ぜいいたし、いつも、なにかすることがあったよ」

するとパパは新聞《しんぶん》をひざの上《うえ》におき、こわい目《め》でぼくをにらんで、言《い》った。

「ここはもう臨海学校《りんかいがっこう》じゃないんだよ。ひとりで遊《あそ》びに行《い》っておいで!」

それでぼくが泣《な》き出《だ》したら、ママがキッチンから走《はし》ってきて、「もうはじめたのね」と言《い》い、ぼくをなぐさめながら、お昼《ひる》まで庭《にわ》で遊《あそ》びなさい、マリ・エドウィッジもバカンスから帰《かえ》ったばかりだから、いっしょに遊《あそ》べば、と言《い》った。

ママがパパと話《はな》しているあいだに、ぼくは走《はし》って外《そと》に出《で》た。パパとママは、ぼくのことを話《はな》したんだと思《おも》うな。パパとママは、ぼくが帰《かえ》ってきたので、とてもうれしいんだよ。

マリ・エドウィッジは、おとなりのクルトプラクさんちの子《こ》なんだ。クルトプラクさんは、プチ・テパルニャン・デパートの四階《かい》の、くつ売《う》り場《ば》の主任《しゅにん》さんで、パパとはよく言《い》いあらそいをするけど、マリ・エドウィッジは女《おんな》の子《こ》のくせにとてもかわいいんだ。

ぼくが庭《にわ》に出《で》ると、運《うん》よくマリ・エドウィッジも自分《じぶん》の庭《にわ》で遊《あそ》んでいるのが見《み》えた。

「こんにちは、マリ・エドウィッジ」と、ぼくが言《い》った。「こっちの庭《にわ》でぼくと遊《あそ》ばない？」

「いいわ」とマリ・エドウィッジは言《い》うと、垣根《かきね》の穴《あな》からこちらにやってきたけど、この穴《あな》を、パパもクルトプラクさんもなおそうとしないんだ。ふたりとも、穴《あな》はむこうの庭《にわ》のものだから、って言《い》うんだよ。

マリ・エドウィッジは、バカンスの前《まえ》にさいごに見《み》かけたときより、ずっと日《ひ》にやけてて、すごく青《あお》い目《め》ときれいな金髪《きんぱつ》がとてもよく合《あ》っていて、かわいかった。ほんとうに、女《おんな》の子《こ》だけど、マリ・エドウィッジはとてもいい子《こ》なんだ。

「バカンスは楽《たの》しかったの?」と、マリ・エドウィッジがきいた。

「とっても」と、ぼくはマリ・エドウィッジに答《こた》えた。「ぼくは臨《りん》海学校《かいがっこう》に行《い》ったんだ。グループがいろいろあって、ぼくの〈ウユ・ド・ランクス〉は、いちばん優秀《ゆうしゅう》なグループだったんだよ。そして、ぼくがリーダーだったのさ」

「あたし、リーダーはおとなの人《ひと》がなると思《おも》うけど」と、マリ・エドウィッジが言《い》った。

「そうなんだけど」と、ぼくは言《い》った。「つまり、ぼくはリーダーの助手《じょしゅ》だったのさ。だけどリーダーは、ぼくの意見《いけん》をきかないとなにもできなかったから、ほんとうに命令《めいれい》してたのは、このぼくというわけ」

「それで、臨海学校《りんかいがっこう》に女《おんな》の子《こ》はいたの？」と、マリ・エドウィッジがぼくにきいた。

「ふうんだ！」と、ぼくは答《こた》えた。「もちろん、いないさ。女《おんな》の子《こ》には危険《きけん》すぎるんだ。ぼくらは、すごいことをやるんだからな。ぼくは、おぼれた子《こ》をふたりもたすけてやったんだぜ。」

「そんなの、うそよ」と、マリ・エドウィッジが言《い》った。

「なんで、うそなんだ？」と、ぼくはさけんだ。「ふたりじゃないや、三人《にん》だ。ひとりわすれてた。それにぼくは、釣《つ》り大会《たいかい》で優勝《ゆうしょう》したんだ。ぼくがつった魚《さかな》は、こんなだった！」

ぼくが両手《りょうて》をいっぱいにひろげたら、マリ・エドウィッジは笑《わら》い出《だ》した。まるでマリ・エドウィッジはぼくを信用《しんよう》していないようすなんだ。それがぼくには気《き》に入《い》らなかった。ほんとうだよ、まったく女《おんな》の子《こ》とは話《はなし》もできやしない。

それからぼくはマリ・エドウィッジに、おまわりさんを手《て》つだって、キャンプ場《じょう》にしのびこんだ泥棒《どろぼう》をつかまえた話《はなし》とか、ぼくが灯台《とうだい》まで泳《およ》いでみんなが心配《しんぱい》したけど、ぶじに浜《はま》べにもどると、だれもが、ぼくこそほんもののチャンピオンだとほめてくれた話《はなし》とか、キャンプの仲間《なかま》たちがけものだらけの森《もり》の中《なか》で道《みち》にまよったとき、ぼくがたすけ出《だ》してやった話《はなし》だとかをしてやった。

「あたしはね」と、マリ・エドウィッジが言《い》った。パパとママと、海岸《かいがん》に行《い》ったの。そこでジャノという名《な》まえの男《おとこ》の子《こ》とお友《とも》だちになったけど、その子《こ》のトンボ返《がえ》りといったら、もうすごかったんだから……」

「マリ・エドウィッジ!」と、クルトプラクおばさんが家《いえ》から出《で》てきて、呼《よ》んだ。「すぐにもどるのよ、お昼《ひる》の用意《ようい》ができましたよ!」

「あたし、あとでまた話《はな》してあげるね」とマリ・エドウィッジはぼくに言《い》うと垣根《かきね》の穴《あな》から走《はし》って帰《かえ》って行《い》った。

ぼくが家《いえ》の中《なか》に入《はい》ると、パパがぼくをじろじろ見《み》て、

「やあ、ニコラ、となりのおじょうちゃんはいたかい？　おまえも、もう気分《きぶん》がなおっただろう？」と言《い》ったけど、ぼくは返事《へんじ》をしなかった。ぼくは階段《かいだん》をかけ上《あ》がってぼくの部屋《へや》に行《い》き、たんすの扉《とびら》をけっとばしてやった。

まったく、なんだってマリ・エドウィッジは、自分《じぶん》のバカンスのことで、ぼくにあんなうそを言《い》ったんだろう？　だいいち、あんな話《はなし》、ぼくはちっともおもしろくないや。

それに、ジャノだって。そんなやつは、まぬけのへんちくりんにきまってるんだ！

物語《ものがたり》をより楽《たの》しむために③

小野萬吉《おのまんきち》

『プチ・ニコラの夏休《なつやす》み』の前半《ぜんはん》八話《わ》は、ニコラがパパとママといっしょにブルターニュ地方《ちほう》の大西洋岸《たいせいようがん》のホテルで過《す》ごした夏休《なつやす》みの報告《ほうこく》で、後半《こうはん》の十話《わ》はその翌年《よくねん》にニコラが生《う》まれて初《はじ》めて両親《りょうしん》と別《わか》れ、一人《ひとり》で出《で》かけた海辺《うみべ》の臨海学校《りんかいがっこう》でのバカンスの報告《ほうこく》です。

日本《にっぽん》の夏休《なつやす》みとフランスのバカンスは、どう違《ちが》うのでしょうか。要約《ようやく》すれば、夏休《なつやす》みは子《こ》どもたちのためにあり、バカンスは大人《おとな》たちのためにある、と言《い》えるかもしれません。一か月《げつ》も仕事《しごと》を休《やす》む？なんて、昔《むかし》も今《いま》も、日本人《にっぽんじん》には無理《むり》ですよね。でも、一九六〇年代《ねんだい》のフランスでは、長期休暇《ちょうききゅうか》は当《あ》たり前《まえ》のことでした。

日本人《にっぽんじん》は、今《いま》の時代《じだい》はなおさらのこと、死《し》ぬまで働《はたら》きたいと願《ねが》う人《ひと》が多《おお》いでしょう。フランス人《じん》は、その反対《はんたい》に、一日《にち》でも早《はや》く退職《たいしょく》して、田舎《いなか》でも都会《とかい》でも、自分《じぶん》の家《いえ》でのんびり自由《じゆう》に暮《く》らすことを願《ねが》います。ニコラの時代《じだい》、フランスはほんとうに豊《ゆた》かな国《くに》で、そういう暮《く》らし方《かた》が普通《ふつう》のサラリーマンにも可能《かのう》だったのです。

フランス人《じん》は、夏《なつ》が来《く》ると、数週間《すうしゅうかん》から月単位《つきたんい》まで、取《と》れるだけの休《やす》みを取《と》って、バカンスに出《で》かけます。そして、このバカンスが、フランスの子《こ》どもたちにとっては、日本《にっぽん》の子《こ》どもたちの春休《はるやす》みに相当《そうとう》するのです。桜《さくら》が咲《さ》くごとに、日本《にっぽん》では学年《がくねん》が上《あ》がりますが、フランスでは、バカンスが終《お》わるごとに、学年《がくねん》が上《あ》がるのです。

ニコラの、誰《だれ》かになにか面白《おもしろ》い話《はなし》を聞《き》かせたいというのは、フランス人《じん》に共通《きょうつう》の願望《がんぼう》でしょうか？　学校《がっこう》でクラスメートたちに、家《いえ》でパパやママに、庭《にわ》でマリ・エドウィッジに、ニコラがひろげる大風呂敷《おおぶろしき》の源《みなもと》はなんでしょう？　ニコラを理解《りかい》する上《うえ》で、これは欠《か》かせない視点《してん》です。「まったく、なんだって、ニコラは、マリ・エドウィッジに、自分《じぶん》のバカンスのことで、あんなうそを言《い》ったのでしょうね？」

René Goscinny

ルネ・ゴシニ 略伝《りゃくでん》

《わたしは、一九二六年《ねん》八月《がつ》十四日《か》、パリに生《う》まれ、その後《あと》すぐに成長《せいちょう》をはじめました。翌日《よくじつ》、八月《がつ》十五日《にち》は、わたしたちは外出《がいしゅつ》しませんでした》

彼《かれ》の家族《かぞく》はアルゼンチンに移住《いじゅう》、彼《かれ》はすべての就学期間《しゅうがくきかん》をブエノスアイレスのフランス語学校《ごがっこう》ですごす。《教室《きょうしつ》では、ほんとうに落《お》ち着《つ》きのない子《こ》どもでした。同時《どうじ》に、むしろよくできる生徒《せいと》でもあったので、退学《たいがく》にはなりませんでした》。彼《かれ》が、キャリアをはじめるのは、ニューヨークにおいてである。

一九五〇年代初《ねんだいはじ》めにフランスに帰国《きこく》、一連《いちれん》の伝《でん》説《せつ》のヒーローたちを生《う》み出《だ》す。ゴシニは、ジャン＝ジャック・サンペとともに、『プチ・ニコラ』の冒険《ぼうけん》を創案《そうあん》、有名《ゆうめい》な小学生《しょうがくせい》の成功《せいこう》をもたらす子《こ》ども言葉《ことば》を案出《あんしゅつ》する。次《つ》いで、ゴシニは、アルベール・ユデルゾと『アステリックス』を発表《はっぴょう》する。

小柄《こがら》なガリア人《じん》の勝利《しょうり》は、驚《おどろ》くべきものであろう。百七の国語《こくご》と地域言語《ちいきげんご》に翻訳《ほんやく》され、アステリックスの冒険《ぼうけん》は世界《せかい》で最《もっと》も読《よ》まれている作品《さくひん》となっている。多作《たさく》な著者《ちょしゃ》は、このほかに、モリスと西部《せいぶ》劇《げき》ベデ（バンド・デシネ）『ラッキー・ルーク』、タバリーとベデ『イズノグード』、ゴットリブとユーモアベデ『レ・ディンゴドシエ』、その他《ほか》を手《て》がけた。コミック誌《し》「ピロト」を先頭《せんとう》に、彼《かれ》はベデを大《だい》変革《へんかく》し、ベデを《第《だい》九の芸術《げいじゅつ》》に格上《かくあ》げした。

ゴシニは映画人《えいがじん》として、ウデルゾとダルゴとともに、スタジオ・イデフィクスを立《た》ち上《あ》げる。彼《かれ》は、アニメーション映画《えいが》の傑作《けっさく》、『アステリックスとクレオパトラ』、『アステリックスの十二の仕《し》事《ごと》』、『デイジータウン』、『バラード・デ・ダルトン』などを世《よ》におくる。その死後《しご》、彼《かれ》の映画作品《えいがさくひん》の全《ぜん》体《たい》に対《たい》しセザール賞《しょう》が与《あた》えられた。

一九七七年《ねん》十一月五日《がついつか》、ルネ・ゴシニは五十一歳《さい》で死《し》んだ。エルジェは、《タンタンは、アステリックスの前《まえ》に頭《こうべ》を垂《た》れる》と、弔意《ちょうい》を述《の》べている。彼《かれ》のヒーローたちは、彼《かれ》より生《い》き延《の》びているし、彼《かれ》が作《つく》り出《だ》した多《おお》くの決《き》まり文句《もんく》が、わたしたちの日常言語《にちじょうげんご》の中《なか》に使《つか》われている。《彼《かれ》の影《かげ》よりも速《はや》く撃《う》つ》、《カリフの代《か》わりにカリフになる》、《小《ちい》さいときにその中《なか》に落《お》ちた》、《魔法《まほう》の薬《くすり》を見《み》つけて》、《このローマ人《じん》たちは、まともではない》などである……。

《わたしは、この作中人物《さくちゅうじんぶつ》にまったく特別《とくべつ》な愛情《あいじょう》をもっている》と、ゴシニをして言《い》わしめた、ニコラ。天才的《てんさいてき》シナリオ・ライター、ゴシニが作家《さっか》としての力量《りきりょう》と才能《さいのう》を示《しめ》したのは、心《こころ》を打《う》つ天真《てんしん》爛漫《らんまん》さをもち、恐《おそ》るべき悪《わる》ふざけにも興《きょう》じるいたずらっ子《こ》プチ・ニコラの冒険《ぼうけん》を介《かい》してなのである。

Jean-Jacques Sempé

ジャン=ジャック・サンペ

略伝《りゃくでん》

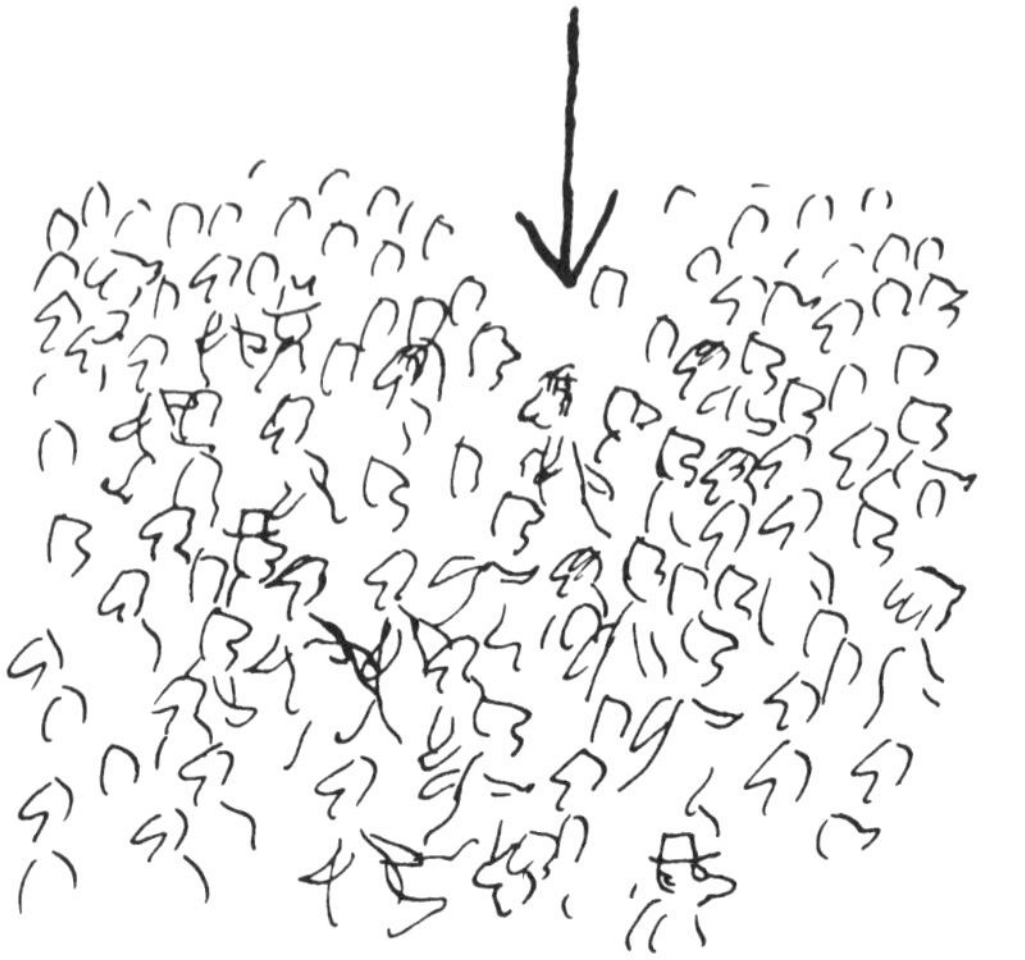

《子《こ》どもだったころ、バラック小屋《ごや》がわたしのたったひとつの楽《たの》しみだった》

サンペは、一九三二年《ねん》八月《がつ》十七日《にち》、ボルドーに生《う》まれた。学業《がくぎょう》、芳《かんば》しからず、ボルドーモダンカレッジを、規律無視《きりつむし》により退学《たいがく》、実社会《じっしゃかい》に飛《と》び出《だ》す。ワインブローカーの雑役《ざつえき》係《がかり》、臨海学校《りんかいがっこう》の補助教員《ほじょきょういん》、事務所《じむしょ》の給仕《きゅうじ》など……。

十八歳《さい》で、懲役年齢《ちょうえきねんれい》に達《たっ》する前《まえ》に兵役《へいえき》を志願《しがん》、パリに出《で》る。彼《かれ》は新《しん》聞社《ぶんしゃ》の編集室《へんしゅうしつ》に頻繁《ひんぱん》に出入《でい》りして、一九五一年《ねん》、「シュッド・ウエスト」紙《し》に最初《さいしょ》のデッサンを売《う》る。彼《かれ》とゴシニの出会《であ》いは、サンペの《新聞挿《しんぶんさ》し絵画《えが》家《か》》の輝《かがや》かしいキャリアの始《はじ》まりと完全《かんぜん》に符合《ふごう》する。『プチ・ニコラ』とともに、彼《かれ》は、以来《いらい》、われわれの想像《そうぞう》の世界《せかい》を覆《おお》い尽《つ》くす悪童《あくどう》どもの肖像《しょうぞう》の忘《わす》れがたいギャラリーを生《い》き生《い》きと描写《びょうしゃ》する。小学生《しょうがくせい》の冒険《ぼうけん》と並行《へいこう》して、彼《かれ》は一九五六年《ねん》、「パリ・マッチ」誌《し》にデビューし、その後非常《ごひじょう》に数多《かずおお》くの雑誌《ざっし》に参加《さんか》する。

彼《かれ》の最初《さいしょ》のデッサン・アルバム『何《なに》ごとも簡単《かんたん》ではない』は、一九六二年《ねん》に上梓《じょうし》される。それ以後《いご》、我々《われわれ》の悪癖《あくへき》と世間《せけん》の悪癖《あくへき》の、やさしくもアイロニカルなヴィジョンをみごとに伝《つた》えるユーモアの傑作《けっさく》が、三十作《さく》ほど続《つづ》くだろう。

マルセラン・カイユー、ラウル・タビュラン、そしてムッシュー・ランベールの生《う》みの親《おや》であり、鋭《するど》い観察眼《かんさつがん》とすべてを笑《わら》いとばす胆力《たんりょく》を併《あわ》せもつサンペは、この数《すう》十年来《ねんらい》、フランスの最《もっと》も偉大《いだい》な漫画家《まんがか》のひとりとなっている。

彼個人《かれこじん》のアルバムの他《ほか》に、パトリック・モディアノの『カトリーヌ・セルティチュード』、あるいは、パトリック・ジュースキントの『ゾマーさんのこと』に挿《さ》し絵《え》を描《えが》いている。

サンペは、非常《ひじょう》に有名《ゆうめい》な雑誌《ざっし》「ニューヨーカー」の表紙《ひょうし》を描《えが》いた、数少《かずすく》ないフランス人挿《じんさ》し絵画家《えがか》のひとりであり、今日《こんにち》でも、「パリ・マッチ」の中《なか》で、多数《たすう》の読者《どくしゃ》の笑《わら》いを誘《さそ》い続《つづ》けている……。

訳者紹介

小野萬吉（おの・まんきち）

1945年和歌山県生まれ。京都大学文学部仏文科卒業。訳書に『共犯同盟』、「プチ・ニコラ」シリーズ、「プリンス・マルコ」シリーズなどがある。

編集　粂田義秀
校正　株式会社円水社
装丁・本文デザイン　河内沙耶花（mogmog Inc.）

プチ・ニコラシリーズ❸

プチ・ニコラの夏休み

発行日　2020年6月25日　初版第1刷発行

作者　ルネ・ゴシニ　ジャン＝ジャック・サンペ
訳者　小野萬吉
発行者　秋山和輝
発行　株式会社世界文化社
〒102-8187　東京都千代田区九段北4-2-29
電話　03-3262-5118（編集部）03-3262-5115（販売部）
印刷・製本　中央精版印刷株式会社
DTP製作　株式会社明昌堂

ISBN978-4-418-20806-7